金陵全書

丁編·文獻類

王龍標詩集　（唐）王昌齡 撰

陳羽詩集　（唐）陳羽 撰

詠史詩　（唐）孫元晏 撰

藏海居士集　（宋）吴可 撰

藏海詩話　（宋）吴可 撰

東南防守利便　（宋）陳克 吴若 撰

南京出版傳媒集團
南京出版社

圖書在版編目（CIP）數據

王龍標詩集 /（唐）王昌齡撰. 陳羽詩集 /（唐）陳羽撰. 詠史詩 /（唐）孫元晏撰. -- 南京 : 南京出版社, 2023.6

（金陵全書）

本書與“藏海居士集・藏海詩話・東南防守利便”合訂

ISBN 978-7-5533-4171-2

Ⅰ. ①王… ②陳… ③咏… Ⅱ. ①王… ②陳… ③孫… Ⅲ. ①唐詩－詩集②宋詩－詩集 Ⅳ. ①I222.74

中國國家版本館CIP數據核字（2023）第082833號

書　　名	【金陵全書】（丁編・文獻類） 王龍標詩集・陈羽诗集・詠史詩・藏海居士集・藏海詩話・東南防守利便
作　　者	（唐）王昌齡　（唐）陳羽　（唐）孫元晏　（宋）吴可 （宋）吴可　（宋）陳克　吴若
出版發行	南京出版傳媒集團 南 京 出 版 社 社址：南京市太平門街53號　郵編：210016 網址：http://www.njcbs.cn　電子信箱：njcbs1988@163.com 聯系電話：025-83283893、83283864（營銷）　025-83112257（編務）

出 版 人	項曉寧
出 品 人	盧海鳴
責任編輯	嚴行健
裝幀設計	楊曉崗
責任印製	楊福彬

製　　版	南京新華豐製版有限公司
印　　刷	南京凱德印刷有限公司
開　　本	889毫米×1194毫米　1/16
印　　張	33.25
版　　次	2023年6月第1版
印　　次	2023年6月第1次印刷
書　　號	ISBN　978-7-5533-4171-2
定　　價	800.00元

總序

南京，古稱金陵，中國著名的四大古都之一，是國務院首批公佈的國家歷史文化名城。

南京有着六十萬年的人類活動史，近二千五百年的建城史，約四百五十年的建都史，享有『六朝古都』『十朝都會』的美譽。南京歷史的興衰起伏在某種程度上可以説是中國歷史的一個縮影。在中華民族光輝燦爛的歷史長河中，古聖先賢在南京創造了舉世矚目、富有特色的六朝文化、南唐文化、明文化和民國文化，爲中華民族文化的傳承和發展做出了不朽貢獻。然而，由於時代的遞遷、戰爭的破壞以及自然的損毁等原因，歷史上南京的輝煌成就以物質文化形態留存下來的相對較少，見諸文獻典籍的則相對較多。南京文獻内涵廣博，卷帙浩繁，版本複雜。截至一九四九年中華人民共和國成立，南京文獻留存下來的有近萬種，在全國歷史文化名城中名列前茅。以六朝《世説新語》《文心雕龍》《昭明文選》，唐朝《建康實録》，宋朝《景定建康志》《六朝事迹編類》，元朝《至正金陵新志》，明朝《洪武京城圖志》《金陵古今圖考》《客座贅語》，清朝《康熙江寧府志》《白下瑣言》，民國《首都計劃》《首都志》《金陵古蹟圖考》等爲代表的南京地方文獻，不僅是南京文化的集中體現，也是中華民族優秀傳統文化的重要組成部分。這些南京文獻，積澱貯存了歷代南京人民的經驗和智慧，翔實地反映了南京地區的社會變遷，是研究南京乃至全國政治、經濟、軍事、文化、外交和民風民俗的重要資料。

歷史上的南京文化輝煌燦爛，各類圖書典籍琳琅滿目。迄今爲止，南京文獻曾經有過三次不同程度的整理。

第一次是距今六百多年前的明朝永樂年間，明朝中央政府在南京組織整理出版了《永樂大典》。《永樂大典》正文二萬二千八百七十七卷，凡例和目録六十卷，分裝成一萬一千零九十五册，總字數約三億七千萬字。書中保存了中國上自先秦、下迄明初的各種典籍資料達七八千種，是中國古代最大的類書。

第二次是民國年間，南京通志館編印了一套《南京文獻》。《南京文獻》每月一期，從一九四七年元月至一九四九年二月共刊行了二十六期，收入南京地方文獻六十七種，包括元明清到民國各個時期的著作，其中收録的部分民國文獻今天已經成爲絶版。

第三次是二〇〇六年以來，南京出版社選取部分南京珍貴文獻，整理出版了一套《南京稀見文獻叢刊》點校本，到二〇二〇年，已經出版了六十九册一百零五種，時代上起六朝，下迄民國，在學術普及方面做出了一定的貢獻。

中華人民共和國成立以來，尤其是改革開放以來，南京的政治、經濟、文化建設飛速發展，但南京文獻的全面系統整理出版工作一直没有得到應有的重視，這與南京這座國家歷史文化名城的地位頗不相稱。據調查，目前有關南京的各類文獻主要保存在南京圖書館、南京市檔案館，以及全國各地的高等院校、科研院所、圖書館、檔案館、博物館，少數流散於民間和國外。一方面，廣大讀者要查閲這些收藏在全國各地的南京文獻殊爲不便；另一方面，許多珍貴的南京文獻隨着歲月的流逝而瀕臨損毁和失傳。南京文獻的存史、資治、教化、育人功能没有得到應有的發揮。

盛世修史（志）。在中華民族和平崛起和大力弘揚民族傳統文化、全力發展民族文化事業的大背景下，在建設『文化南京』的發展思路下，中共南京市委、南京市人民政府於二〇〇九年十二月做出決定，將南京有史以來的地方文獻進行全面系統的匯集、整理和影印出版，輯爲《金陵全書》（以下簡稱《全書》），以更好地搶救和保護鄉邦文獻，傳承民族文化，推動學術研究，促進南京文化建設；同時，也更爲有効地增加南京文獻存世途徑，提昇南京文獻地位，凸顯南京文獻價值。

爲編纂出能够代表當代最高學術水平和科技成就，又經得起時間檢驗的《全書》，我們將編纂工作分成三個階段進行。第一個階段爲調研階段，主要對南京現存文獻的種類、數量、保存現狀以及收藏地點等進行深入細緻的調研，召集專家學者多次進行學術論證和可操作性論證，撰寫出可行性調查報告，爲科學決策提供依據，此項工作主要由中共南京市委宣傳部和南京出版社組織完成。第二個階段爲啓動階段，以二〇〇九年十二月二十四日召開的『《金陵全書》編纂啓動工作會』爲標志，市委主要領導親自到會動員講話，市委宣傳部對《全書》的編纂出版工作作了明確部署。在廣泛徵求專家學者意見的基礎上，確定了《全書》的總體框架設計，確定了將《全書》列爲市委宣傳部每年要實施的重大文化工程，確定了主要參編責任單位和責任人，並分解了任務。第三個階段爲編纂出版階段，主要在全國範圍内進行資料的徵集、遴選和圖書的版式設計、複製、排版及印製工作。

爲了確保《全書》編纂出版工作的順利進行，中共南京市委、南京市人民政府成立了專門的編纂出版組織機構。其中編輯工作領導小組，由中共南京市委、市政府領導以及相關成員單位主要負責人組成；《全書》的編纂出版工作由市委宣傳部總牽頭；學術指導委員會，由蔣贊初、茅家琦、梁白泉等一批全國著名的專家學者組成，負責《全書》的學術審核和把關。

《全書》分爲方志、史料、檔案和文獻四大類。自二〇一〇年起，計劃每年出版四十册左右。鑒於《全書》的整理出版工作難度較大，周期較長，在具體操作中，我們採取了分工協作的方式。市委宣傳部和南京出版社負責《全書》的總體策劃，其中方志部分，主要由南京市地方志編纂委員會辦公室和南京出版傳媒集團·南京出版社共同承擔；史料和文獻部分，主要由南京圖書館承擔；檔案部分，主要由南京市檔案局（館）承擔。《全書》的編輯出版，得到了江蘇省文化廳、江蘇省新聞出版局、江蘇省檔案局（館）、南京大學、南京圖書館、南京市文廣新局、南京市社科聯（社科院）、南京市文聯、金陵圖書館以及各區委宣傳部和地方志辦公室等單位及社會各界的熱情鼓勵和大力支持，尤其是得到了中國國家圖書館和全國各地（包括港臺地區）高等院校、科研院所、圖書館、檔案館、博物館等藏書單位的鼎力相助，在此表示深深的謝意！

我們相信，在中共南京市委、南京市人民政府的長期不懈支持下，在各部門、各單位的積極配合和衆多專家學者的共同努力下，這項功在當代、利在千秋的傳世工程一定能够圓滿完成。

《金陵全書》編輯出版委員會

凡例

一、《金陵全書》（以下簡稱《全書》）收録的南京文獻，分爲方志、史料、檔案和文獻四大類。

二、《全書》按上述四大類分爲甲、乙、丙、丁四編，以不同的封面顏色加以區分；每編酌分細類，原則上以成書時代爲序分爲若幹册，依次編列序號。

三、《全書》收録南京文獻的地域範圍，包括了清代江寧府所轄上元、江寧、句容、溧水、高淳、江浦、六合。

四、《全書》收録的南京文獻，其成書年代的下限爲一九四九年。

五、《全書》收録方志、史料和文獻，盡量選用善本爲底本。《全書》收録的檔案以學術價值和實用價值較高爲原則，一般選用延續時間較長、相對比較完整的檔案全宗。

六、《全書》收録的南京文獻底本如有殘缺、漫漶不清等情况，必要時予以配補、抽换或修描，以保證全書完整清晰；稿本、鈔本、批校本的修改、批注文字等均保留原貌。

七、《全書》收録的南京文獻，每種均撰寫提要，置於該文獻前，以便讀者了解其作者生平、主要內容、學術文化價值、編纂過程、版本源流、底本採用等情況。

八、《全書》所收文獻篇幅較大時，分爲序號相連的若幹册；篇幅較小的文獻，則將數種合編爲一册。

九、《全書》統一版式設計，大部分文獻原大影印；對於少數原版面過大或過小的文獻，適當進行縮小或放大處理，並加以説明。

十、《全書》各册除保留文獻原有頁碼外，均新編頁碼，每册頁碼自爲起訖。

總目録

金陵全書

丁編・文獻類

王龍標詩集

（唐）王昌齡 撰

南京出版傳媒集團
南京出版社

提要

《王龍標詩集》一卷，唐王昌齡撰。

王昌齡，字少伯，一説京兆萬年人，一説江寧人，生平事迹難以確考。昌齡系出琅邪王氏，然父祖輩已無居顯宦者，故其少年時代『久於貧賤，是以多知危苦之事』，曾游歷河南、河北、河東一帶，遠至隴右、河西等邊塞地區。開元十五年（七二七）登進士第，任秘書省校書郎，開元二十二年（七三四）中博學鴻詞科，爲汜水尉，約兩年後獲罪謫嶺南，至開元二十八年（七四〇）遇赦北歸，開元二十九年（七四一）前後任江寧縣丞，數年後貶龍標尉，天寶十四年（七五五），離開龍標，以世亂，流落江淮，爲濠州刺史閭丘曉所殺。昌齡以詩著名當時，七絶尤工，交游廣泛，與李白、孟浩然、高適、王維、常建、儲光羲、崔國輔等知名文人皆有往來。

《王龍標詩集》共選王昌齡詩一七八首，依次爲五古六十五首、七古七首、五律十三首、七律兩首、五排四首、五絶十四首、七絶七十三首，體兼衆類，昌齡尤擅七絶，後世有『七絶聖手』之譽，故本書選録七絶最多，誠有以也。昌齡詩或有與時人互見者，本書悉録於昌齡名下，如《酬鴻臚裴主簿雨後北樓見贈》一作高適詩，《東溪玩月》一作王維詩，《九日登高》一作李頎詩，諸詩署名聚訟紛紛，至今仍無確證，故存之亦無傷大雅。

本書選詩之前，略述詩人小傳，兼評性情遭遇和詩歌風格，帶有評傳特點。謂其詩歌『其詩緒密而思清』『元嘉以還四百年内，曹劉陸謝風骨頓盡，今昌齡克嗣闕迹』『七言小詩，幾與太白比肩，當時樂府采録無出其右；五言古作與儲光羲不相下而稍有逸致』。另外，小傳以王昌齡爲江寧人，此説乃承襲《新唐書》卷二〇三『時謂王江寧』之記録，《郡齋讀書志》《直齋書録解題》皆襲是説。考王昌齡開元二十九年（七四一）前後出任江寧縣丞，約至天寶三年（七四四）因『不矜細行』貶龍標尉，然則『江寧』乃昌齡官稱，而非籍貫。唐人有稱官謚之習俗，檢《唐國史補》所列舉的『位卑而名著者』十三人，以及唐人裴敬《翰林學士李公墓碑》所列舉『以詩稱』五人，皆指稱官謚，而不涉籍貫，故《唐才子傳》曰『「詩家夫子王江寧」，蓋嘗爲江寧令』，洵爲知言。又據王昌齡《别李浦之京》《灞上閑居》《鄭縣宿陶大公館中贈馮六元二》等詩屢指灞上、藍田爲本家舊居，然則《舊唐書·文苑傳》呼『京兆王昌齡』不應輕易抹殺。又，小傳謂昌齡『第進士，補秘書郎』，亦不確，或承《新唐書·王昌齡傳》之誤。考《舊唐書·王昌齡傳》：『進士登第，補秘書省校書郎；又以博學宏詞登科，再遷汜水縣尉。』唐時『秘書郎』并非『秘書省校書郎』之簡稱，兩官雖同屬秘書省，然員額、品秩皆不相同，據《舊唐書》卷四十三《職官志》『秘書省』：『秘書郎三人，從六品上』，『校書郎十人，正九品上』，昌齡進士及第入職爲秘書省校書郎，雖非劇要之職，實乃清望之選，與秘書郎自應有别。小傳論昌齡詩曰『緒密而思清』，頗中肯綮，又引集中秀句爲證，論其人則曰『及淪落竄謫，竟未减才名』，堪爲的評。

本書爲萬曆中畢效欽編刻、畢懋康校正《十家唐詩》之一種。畢效欽，嘉靖舉人，曾任南康府通判；畢懋康，萬曆進士，《明史》有其事迹。王昌齡詩文集在明前的流布情况無從詳考，《舊唐書·王昌齡傳》謂『昌齡爲文，緒微而思清，有集五卷』，此本應爲詩文合集；另據《新唐書·藝文志》録『王昌齡集五卷』，以及《文苑英華》卷一三〇，引王昌齡《吊軹道賦并序》『夫如』下注『集作以』可知，五卷本詩文合集至宋初猶存。《崇文總目》卷十二載『王昌齡詩一卷』，或抄自此五卷本合集。《郡齋讀書志》卷四録『王昌齡詩六卷』，《直齋書録解題》卷十九録『王江寧集一卷』，《通志・藝文略》著録『王昌齡集五卷』，《宋史・藝文志》録『王昌齡集十卷』，惜上述宋元舊本皆已亡佚，丁丙《善本書室藏書志》卷三十九跋《十家唐詩》曰：『所選十家初唐爲李嶠、張説、張九齡、蘇頲，盛唐爲儲光羲、李頎、常建、崔顥、王昌齡、祖咏。』又『其所據之本皆宋元舊刻』（丁丙跋語），故此本是除明嘉靖十九年（一五四〇）朱警編刻《唐百家詩》本《王昌齡詩》三卷，嘉靖三十三年（一五五四）黄氏浮玉山房黄貫曾輯《唐詩二十六家》本《王昌齡詩》二卷外，明刻『王昌齡詩集』的重要版本之一，其校勘價值不言而喻。

《金陵全書》收録的《王龍標詩集》以南京圖書館藏明萬曆《十家唐詩》本爲底本原大影印出版。

沈揚

盛唐詩

新安　畢效欽　增選

孫男畢懋康校正

王昌齡

王昌齡字少伯江寧人第進士補秘書郎又中宏詞科遷汜水尉晚節不矜細行貶龍標尉世亂還鄉爲刺史閭丘曉所殺其詩緒密而思清時謂王江寧殷璠云元嘉以還四百年内曹劉陸謝風骨頓盡今昌齡克嗣厥跡至如明堂坐天子月朔朝諸侯又去時三十萬獨自還長安不信沙塲苦君看刀箭瘢又雲起太華山雲水互明滅東峰始含景了了見松雪斯並驚耳駭目畧舉十餘句則中興高作可知矣七言小詩幾與太白比肩當時樂府采録無出其右五言古作與儲光羲不相下而稍有逸致予嘗觀昌齡齋心詩弔

軌道賦其人孤潔恬憺與物無傷晚節謗議沸騰言行相背及淪落竄謫竟未減才名固知善毀者不能掩西施之美也

五言古詩

鄭縣陶太公館中贈馮六元二

儒有輕王侯脫略當世務本家藍谿下非爲漁弋故無何困躬耕且欲馳永路幽居與君近出谷同所騖昨日辭石門五年變秋露雲龍未相感干謁亦已屢子爲黃綬羈余忝蓬山顧京門望西岳百里見郊樹飛雨祠上來靄然關中暮驅車鄭城宿

秉燭論往素。山月出華陰。開此河渚霧。清光比故人。豁達展心晤。馮公尚戢翼。元子仍跼步。拂衣易爲高。淪迹難有趣。張范善終始。吾等豈不慕。罷酒當凉風。屈伸備冥數。

香積寺禮拜萬迴平等二聖僧塔

眞無御化來借有乘化歸如彼雙塔内孰能知是非愚也駭蒼生聖哉爲帝師當爲時世出不由天地資萬迴主此方平等性無違今我一禮心億劫同不移肅肅松栢下諸天來有時

出郴山口至疊石灣野人室中寄張十一

槠楠無冬春柯葉連峯稠陰壁下蒼黒煙含清江樓景開獨沿曳響巷隨輿酬旦夕望吾友如何迅孤舟疊沙即為岡崩剥雨露幽石脈盡橫亘潜潭何時流既見萬古色頗盡一物由來與世人遠氣還草木收盈縮理無餘今往何必憂郴土羣山高耆老如中州孰云議舛降豈是娛宦遊陰火昔所伏丹砂將爾謀昨臨蘇耽井復向衡陽求同疚來相依脫身當有籌數月乃離居風湍成阻修野人

善竹器。童子能谿謳。寒月波蕩漾。歸鴻去悠悠。

宿灞上寄侍御璵弟

獨飲灞上亭寒山青門外長雲驟落日桑棗寂已晦古人驅馳者宿此凡幾代佐邑由東南豈不知進退吾宗秉全璞楚得璆琳最茅山就一徵栢署起三載道契非物理神交無留礙知我滄溟心脫略腐儒輩孟冬鑾輿出陽谷羣臣會半夜馳道喧五侯擁軒蓋是時燕齊客獻術蓬瀛內甚悅我皇心得與王母對賤臣欲干謁稽首期殞碎哲弟感

我情問易窮否泰良馬足尚蹶寶刀光未淬昨聞
羽書飛兵氣連朔塞諸將多失律廟堂始追悔安
能召書生願得論要害戎夷非草木侵逐使狼狽
雖有屠城功亦有降虜輩兵糧如山積恩澤如雨
霈羸卒不可興磧地無足愛若用匹夫策坐令重
圍潰不費黃金資寧求白璧賚明主憂旣遠邊事
亦可大荷寵務推誠離言深慷慨霜摇直指草燭
引明光珮公論日夕阻朝廷蹉跎會孤城海門月
萬里流光帶不應百尺松空老鍾山靄

次汝中寄河南陳贊府

汝山方聯延。伊水纔明滅。遙見入楚雲。又此空館月。紛然馳夢想。不謂遠離別。京邑多歡娛。衡湘暫沿越。明湖春草遍。秋桂白花發。豈惟長思君。日夕在魏闕。

岳陽別李十七越賓

相逢楚水寒。舟在洞庭驛。具陳江波事。不異淪棄跡。杉上秋雨聲。悲切蒹葭夕。彈琴收餘響。來送千里客。平明孤帆水。歲晚濟代策。時在身未充。瀟湘

不盈畫湖小洲渚聯瀇淡煙景碧魚鱉自有性龜
龍無能易譴黜同所安風土任所適閉門觀玄化
攜手遺損益

留別岑參兄弟

江城建業樓山盡滄海頭副職守茲縣東南棹孤
舟長安故人宅秣馬經前秋便以風雪暮還爲縱
飲留貂蟬七葉貴鴻鵠萬里遊何必念鍾鼎所在
烹肥牛爲君嘯一曲且莫彈箜篌徒見枯者艷誰
言直如鈎岑家雙瓊樹騰光難爲儔誰言青門悲

俯期吳山幽，日西石門嶠。月吐金陵洲，追隨探靈
怪。豈不驕王侯。

送劉眘虛歸取宏詞解

太清聞海鶴，遊子引鄉眄。聲隨羽儀遠，勢與歸雲
便。青桂春再榮，白雲暮來變。遷飛在禮儀，豈復淚
如霰。

大梁途中作

怏怏步長道，客行渺無端。郊原欲下雪，天地稜稜
寒。當時每酣醉，不覺行路難。今日無酒錢，悽惶向

誰歎

途中作

遊人愁歲宴早起遵王畿墜葉吹未曉疎林月微微驚禽棲不定寒獸相因依歎此霜露下復聞鴻鴈飛淵然江南意惜與中途違羇旅悲壯髮別離念征衣永圖豈勞止明節期所歸寧厭楚山曲無人長掩扉

過華陰

雲起大華山雲山互明滅東峰始含景了了見松

雲霸人感幽棲窅映轉奇絕欣然忘所疲永望吟
不輟信宿百餘里出關玩新月何意昨來心遇物
遂遷別人生屢如此何以肆愉悅

聽彈風入松闋贈楊補闕

商風入我絃夜竹深有露絃悲與林寂清景不可
度寥落幽居心颼飀青松樹松風吹草白谿水寒
日暮聲意去復還九變待一顧空山多雨雪獨立
君始悟

宿裴氏山莊

蒼蒼竹林暮吾亦知所投靜坐山齋月清谿聞遠流西峯下微雨向曉白雲收遂解塵中組終南春可遊

同從弟銷南齋翫月憶山陰崔少府

高臥南齋時開帷月初吐清輝淡水木演漾在牕戶苒苒幾盈虛澄澄變今古美人清江畔是夜越吟苦千里其如何微風吹蘭杜

秋興

日暮西北堂涼風洗脩木著書在南牕門館常蕭

蘚苔草延古意視聽轉幽獨或問余所營刈黍就
寒谷

太湖秋夕

水宿煙雨寒洞庭霜落微月明移舟去夜静魂夢
歸暗覺海風度蕭蕭聞鴈飛

裴六書堂

閒堂閉空陰竹木但清響牕下長嘯客區中無遺
想經綸精微言兼濟當獨往

代扶風主人荅

殺氣凝不流風悲月彩寒浮埃起四遠遊子迷不歡依然宿扶風沽酒聊自寬寸心亦未理長鋏誰能彈主人就我飲對我還慨然便泣數行淚因歌行路難十五役邊城三迴討樓蘭連年不解甲積日無所食將軍降匈奴國使沒桑乾去時三十萬獨自還長安不信沙場苦君看刀箭瘢鄉親悉零落塚墓亦摧殘仰攀青松枝慟絕傷心肝禽獸悲不去路傍誰忍看幸逢休明代寰宇靜波瀾老馬思伏櫪長鳴力已殫少年與運會何事發悲端天

于初封禪賢良刷羽翰三邊悉如此否泰亦須觀

段宥廳孤桐

鳳凰所宿處月映孤桐寒槁葉零落盡空柯蒼翠殘虛心誰能見直影非無端響發調尚苦清商勞一彈

巴陵別劉處士

劉生隱岳陽心遠洞庭水偃帆入山郭一宿楚雲裹竹映秋館深月寒江風起煙波桂陽接日夕數千里娟娟清夜猿孤舟坐如此湘中有來鴈雨雪

候音旨

趙十四兄見訪

客來舒長簟開閣延清風但有無絃琴共君盡尊
中晚來嘗讀易頃者欲還嵩世事何須道黃精且
養蒙嵇康殊寡識張翰獨知終忽憶鱸魚鱠扁舟
往江東

九江口作

漭漭江勢闊雨開潯陽秋驛門是高岸望盡黃蘆
洲水與五谿合心期萬里遊明時無棄才謫去隨

孤舟鷙鳥立寒本丈夫佩吳鉤何當報君恩却繫
單于頭

獨遊

林卧情每閒獨遊景常晏時從灞陵下垂釣往南
澗手携雙鯉魚目送千里鴈悟彼飛有適知此罹
憂患放之清泠泉因得省蹟慢永懷青岑客迴首
白雲間超然無遺事豈繫名與宦

江上聞笛

横笛怨江月扁舟何處尋聲長楚山外曲繞胡關

深相去萬餘里遥傳此夜心寥寥浦溆寒響盡唯
幽林不知誰家子復奏邯鄲音水客皆擁棹空霜
遂盈襟羸馬望北走遷人悲越吟何當邊草白旌
節隴城陰

塞下曲三首

蟬鳴桑樹間八月蕭關道出塞入塞寒處處黄蘆
草從來幽并客皆共塵砂老莫作遊俠兒矜誇紫
騮好

飲馬度秋水水寒風似刀平沙日未沒黯黯見臨

洮昔日長城戰咸言意氣高黄塵足今古白骨亂蓬蒿

秋風夜渡河吹却鴈門桑遥見胡地獵鞲馬宿嚴霜五道分兵去孤軍百戰場功多翻下獄士卒但心傷

少年行二首

西陵俠少年送客短長亭青槐夾兩路白馬如流星聞道羽書急單于寇井陘氣高輕赴難誰顧燕山銘

走馬遠相尋西樓下夕陰結交期一劒留意贈千金高閣歌聲遠重門柳色深夜闌須盡飲莫負百年心

雜興

握中銅匕首粉剉楚山鐵義士頻報讎殺人不曾鈌可悲燕丹事終被狼虎滅一舉無兩全荊軻遂爲血誠知匹夫勇何取萬人傑無道吞諸侯坐見九州裂

送任五之桂林

楚客醉孤舟越水將引棹山爲兩鄉別月帶千里
貌羈譴同縉綸僻幽聞虎豹桂林寒色在苦節知
所效

齋心

女蘿覆石壁溪水幽濛朧紫葛蔓黃花娟娟寒露
中朝飲花上露夜卧松下風雲英化爲水光采與
我同日月蕩精魄寥寥天府空

變行路難

向晚橫吹悲風動馬嘶合前驅引旗節千里陣雲

匈單于下陰山沙礫空颯颯封侯取一戰豈復念
閨閤

秋山寄陳讜言

巖間寒事早衆山木已黃北風何蕭蕭茲夕露爲
霜感激未能寐中宵時慨慷黃蟲初悲鳴玄鳥去
我梁獨卧時易晚離羣情更傷思君若不及鴻雁
今南翔

山中别麗十

幽娟松篠徑月出寒蟬鳴散髮卧其下誰知孤隱

情吟時白雲合釣處玄潭清瓊樹方杳靈鳳兮保其貞

留别伊闕張少府郭都尉

遷客就一醉主人空金罍江湖青山底欲去仍徘徊郭侯未相識策馬伊川來把手相勸勉不應老塵埃孟陽蓬山舊仙館留清才日晚勸取别風長雲逐開幸隨板輿遠負譴何憂哉唯有仗忠信音書報雲雷

詠史

荷畚至洛陽胡馬屯北門天下裂其土豺狼滿中原明夷方濟世斂翼黃埃昏披雲見龍顏始蒙國士恩位重謀亦深所舉無遺奔長策寄臨終東南未可吞賢智苟有時貧賤何所論唯然嵩山老而後知我言

從軍行二首

向夕臨大荒朔風軫歸慮平沙萬餘里飛鳥宿何處虜騎獵長原翩翩傍河去邊聲搖白草海氣生黃霧百戰苦風塵十年履霜露雖投定遠筆未坐

將軍樹。早知行路難。悔不理章句。
秋草馬蹄輕角弓持弦急去爲龍城戰正値胡兵
襲軍氣橫大荒戰酣日將入長風金鼓動白露鐵
衣濕四起愁邊聲南庭時竚立斷蓬孤自轉寒鴈
飛相及萬里雲沙漲平原氷霰澁惟聞漢使還獨
向刀環泣

宴南亭

寒江映村林亭上納鮮潔楚客共閒歓靜坐金管
闋酣竟日入山暝來雲歸穴城樓空杳靄猿鳥備

清切物狀如絲綸上心爲余决訪君東溪事早晚
樵路絕

放歌行

南渡洛陽津西望十二樓明堂坐天子月朔朝諸
侯清樂動千門皇風被九州慶雲從東來泱漭抱
日流昇平貴論道文墨將何求有詔徵草澤微誠
獻謀猷冠冕如星羅拜揖曹與周望塵非吾事入
賦且遲留幸蒙國士識因脫負薪裘今者放歌行
以慰梁甫愁但營數斗祿奉養毋豊羞若得金膏

遂飛雲亦可求。

送十二兵曹

縣職如長纓。終日檢我身。平明趨郡府。不得展故人。故人念江湖。富貴如埃塵。迹在戎府椽。心遊天台春。獨立浦邊鶴。白雲長相親。南風忽至吳。分散還入秦。寒夜天光白。海静月色直。對坐論歲暮。絃悲豈無因。平生馳驅分。非謂杯酒仁。出處兩不合。忠貞何由申。看君孤舟去。且欲歌垂綸。

何九於客舍集

客有桂陽亦如巢林鳥鷦鷯且終宴功業曾未了山月空霽時江明高樓曉門前泊舟楫行次入松篠此意投贈君滄波風裊裊

越女

越女作桂舟還將桂爲楫湖上水渺漫清江不可涉摘取芙蓉花莫摘芙蓉葉將歸問夫壻顏色何如妾

長歌行

曠野饒悲風颼颼多蒿草繫馬倚白楊誰知我懷

抱所是同抱者相逢盡衰老北登漢家陵南望長安道下有枯樹根上有鼯鼠窠高皇子孫盡千載無人過寶玉頻發掘精靈其奈何人生須達命有酒且長歌

灞上閑居

鴻都有歸客偃臥滋陽村軒冕無枉顧清川照我門空林網夕陽寒鳥赴荒園廓落時得意懷哉莫與言庭前有孤鶴欲啄常翩翻爲我銜素書弔彼顏與原二君既不朽所以慰其魂

洛陽尉劉晏與府掾諸公茶集天宮寺岸道上人房

良友呼我宿月明懸天宮道安風塵外灑掃青林中削去府縣理豁然神機空自從三湘還始得今夕同舊居太行北遠宦滄海東各有四方事白雲處處通

同府縣諸公送綦毋潛李頎至白馬寺

鞍馬上東門徘徊入孤舟賢豪相追送即棹千里流赤岸落日在空波微煙收薄宦忘機括醉來復

淹留月明見古寺林外登高樓南風開長廊夏夜如涼秋江水照吳縣西歸夢中遊

就道士問周易參同契

仙人騎白鹿髮短耳何長時余採菖蒲忽見嵩高之陽稽首求丹經廼出懷中方披讀了不悟歸家問稽康嗟余無道骨發我入太行

觀江淮名勝圖

刻意吟雲山尤知隱淪妙公遠何爲者再詣臨海嶠而我高其風披圖得遺照援毫無逃境遂展千

里眺淡掃荆門煙明標赤城燒青葱林間嶺隱見
淮海微但指香爐頂無聞白猿嘯沙門旣云滅獨
往豈殊調感對懷拂衣胡寧事漁釣安期始遺舃
千古謝榮耀投迹庶可齊滄浪有孤棹

緱氏尉沈興宋置酒南谿留贈

林色與溪古深篁引幽翠山樽在漁舟棹月情已
醉始窮清源口壑絕人境異春泉滴空崖萌草坼
陰地久之風榛寂遠聞樵聲至海鴈時獨飛永然
滄洲意古時青冥客滅迹淪一尉吾子躊躇心豈

其紛埃事緱本信所匏濟北余乃遨齊物意已會息肩理猶未卷舒形性表脫略賢哲議仲月期角巾飯僧嵩陽寺

諸官遊招隱寺

山館人已空青蘿換風雨自從永明世月向龍宮吐鑿井長幽泉白雲今如古應真坐松栢錫杖掛牕户口云七十餘能救諸有苦回指品樹花如聞道場鼓金色身壞滅真如性無主僚友同一心清光遺誰取

酬鴻臚裴主簿雨後北樓見贈

暮霞照新晴歸雲猶相逐有懷晨昏暇想見登眺目問禮侍形闈題詩訪茅屋高樓多今古陳事滿陵谷地久微子封臺餘孝王築徘徊顧霄漢豁達俯川陸遠水對秋城長天向喬木公門何清靜列戟森已肅不歎攜手稀常思着鞭速終當拂羽翰輕舉隨鴻鵠

風涼源上作

陰岑宿雲歸煙霧濕松栢風凄日初晚下嶺望川

澤遠山無晦明秋水千里白佳氣盤未央聖人在
凝碧闕門阻天下信是帝王宅海内方晏然廟堂
有奇策時貞守全運罷去遊說客余忝蘭臺人幽
尋免貽責

悲哉行

勿聽白頭吟人間易憂怨若非滄浪子安得從所
願北上太行山臨風閲吹萬長雲數千里倏忽還
膚寸觀其微滅時精意莫能論百年不容息是處
生草蔓始悟海上人辭君永飛遁

琴

孤桐秘虚鳴朴素傳幽眞髣髴弦指外遂見初古
人意遠風雪苦時來江山春高宴未終曲誰能辨
經綸

送東林廉上人歸廬山

石谿流已亂苔徑人漸微日暮東林下山僧還獨
歸昔爲廬峰意况與遠公違道性深寂寞世情多
是非會尋名山去豈復望清輝

留別武陵袁丞

皇恩暫遷謫待罪逢知己從此武陵谿孤舟三千
里桃花遺古岸金澗流春水誰識馬將軍忠貞抱
生死

古意

桃花四面發桃葉一枝開欲暮黃鸝囀傷心玉鏡
臺清箏向明月半夜春風來

爲張償贈閻使臣

哀哀獻玉人楚國同悲辛泣盡繼以血何由辨其
真賴承琢磨惠復使光輝新猶畏讒口疾棄之如

埃塵

贈史昭

東林月未升，廓落星與漢。是夕鴻始來，齋中起長歎。懷哉望南浦，眇然夜將半。但有秋水聲，愁使星辰亂。握中何爲贈，瑤草已衰散。海鱗未化時，各在天一岸。

別劉諝

天地寒更雨，蒼茫楚城陰。一樽廣陵酒，十載衡陽心。倚伏不可料，悲歡豈易尋。相逢成遠別，後會何

如今身在江海上雲連京國深行當務功業策馬何騷騷

山行入涇州

倦此山路長停驂問賔御林巒信回惑白日落何處徙倚望長風滔滔引歸慮微雨隨雲收濛濛傍山去西臨有邊邑北走盡亭戍涇水橫白煙州城隱寒樹所嗟異風俗巳自少情趣豈伊戀懷土解物且欣遇

小敷谷龍潭祠作

崖谷散疾流地中有雷集百泉勢相蕩巨石皆却
立跳波沸崢嶸深處不可挹昏爲蛟龍怒清見雲
雨入靈怪崇偏祠廢興自茲邑沈湎頃多昧檐宇
遂不葺吾聞被明典盛德惟世及生人載山川血
食報原隰豈伊駭微顯將以循畦揖雄飛振呂梁
忠信亦我習波流浸已廣悔吝在所汲谿水有清
源寒裳靡沾濕

初日

初日淨金閨先照牀前煖斜光入羅幕稍稍親絲

管。雲鬟不能梳。楊花更吹滿。

失題

姦雄乃得志。遂使羣心搖。赤風蕩中原。烈火無遺巢。一人計不用。萬里空蕭條。

七言古詩

箜篌引

盧溪郡南夜泊舟夜聞兩岸羌戎謳其時月黑猿啾啾微雨霑衣令人愁有一遷客登高樓不言不寐彈箜篌彈作薊門桑葉秋風沙颯颯青塚頭將

軍鐵驄汗血流深入匈奴戰未休黃旗一點兵馬
收亂殺胡人積如丘瘡病驅來役邊州仍披漠北
羔羊裘顏色飢枯掩面羞眼眶淚滴深兩眸思還
本鄉食犛牛欲語不得指咽喉或有强壯能咿嚘
意說被他邊將讎五世屬藩漢主留碧毛氈障河
曲遊槖駞五萬部落稠敕賜飛鳳金兜鍪爲君百
戰如過籌靜掃陰山無鳥投家藏鐵券特承優黃
金百斤不稱求九族分離作楚囚深溪寂寞絃苦
幽草木悲感聲颼飀僕本東山爲國憂明光殿前

論九疇龐讀兵書盡冥搜爲君掌上施權謀洞曉山川無與儔紫宸詔發遠懷柔搓筆飛霜如奪鈎鬼神不得知其由憐愛蒼生比蚍蜉朔河屯兵湏漸抽盡遣降來拜御溝便令海内休戈矛何用班超定遠侯史臣書之得已不

烏栖曲

白馬逐朱車黄昏入狹邪柳樹烏爭宿爭枝未得飛上屋東房少婦婿從軍每聽烏啼知夜分

城傍曲

秋風鳴桑條草白狐兔驕邯鄲飯來酒未消城北
原平掣皂鵰射殺空營兩騰虎廻身却月佩弓弰

行路難

雙絲作綆繫銀瓶百尺寒泉轆轤上懸絲一絶不
可望似妾傾心在君掌人生意氣好遷捐只重狂
花不重賢宴罷調箏奏離鶴廻嬌轉眄泣君前君
不見眼前事豈保須臾心勿異西山日下雨足稀
側有浮雲無所寄但願莫忘前者言剉骨黄塵亦
無愧行路難勸君酒莫辭煩美酒千鍾猶可盡心

中片塊何可論一聞漢主思故劍使妾常嗟萬古
冤

奉贈張荊州

祝融之峰紫雲銜翠如何其雪嶄嵒邑西有路緣
石壁我欲從之臥穹嵌魚有心兮脫網罟江無人
兮鳴楓杉王君飛舄仍未去蘇躭宅中意遙緘

五言律詩

駕出長安

聖德超千古皇風扇九圍天回萬象出駕動六龍

飛淑氣來黃道祥雲覆紫微太平多扈從文物有光輝

駕幸河東

晉水千廬合汾橋萬國從開唐天業盛入沛聖恩濃下輦迴三象題碑任六龍睿明懸日月千載此時逢

胡笳曲

城南虜已合一夜幾重圍自有金笳引能霑出塞衣聽臨關月苦清入海風微三奏高樓曉胡人掩

淚歸

潞府客亭寄崔鳳童

蕭條郡城閉旅館空寒煙秋月對愁客山鐘搖暮天新知偶相訪斗酒情依然一宿阻長會清風徒滿川

送李濯遊江東

清洛日夜漲微風引孤舟離腸便千里遠夢生江樓楚國橙橘暗吳門煙雨愁東南具今古歸望山雲收

編唐

和振上人秋夜懷士會

白露傷草木。山風吹夜寒。逢林夢親友。高興發嚴巒。郭外秋聲急。城邊月色殘。瑤琴多遠思。更爲客中彈。

沙苑南渡頭

秋霧連雲白歸心浦溆懸津人空守纜村館復臨川蓬隔蒼茫雨波通演漾田孤舟未得濟入夢在何年

客廣陵

樓頭廣陵近九月在南徐秋色明海縣寒煙生里
閭夜帆歸楚客昨日度江書爲問易名叟垂綸不
見魚

静法師東齋

築室在人境遂得眞隱情春盡草木變雨來池館
淸琴書全雅道視聽已無生閉戶脫三界白雲自
虚盈

素上人影塔

物化同枯木希夷明月珠本來生滅盡何者是虛

無一坐看如故千齡獨向隅至人非別有方外不
應殊

謁焦鍊師

中峰青苔壁一點雲生時豈意石堂裏得逢焦鍊
師爐香淨棐案松影閑瑶墀拜受長年藥翩翩西
海期

宿京江口期劉眘虛不至

霜天起長望殘月生海門風靜夜潮滿城高寒氣
昏故人何寂寞久已乖清言明發不能寐徒盈江

上樽。

寒食即事

晉陽寒食地風俗舊來傳雨滅龍蛇火春生鴻鴈天泣多流水漲歌發舞雲旋西見之推廟空爲人所憐

七言律詩

九日登高

青山遠近帶皇州霽景重陽上北樓雨歇亭皐仙菊潤霜飛天苑御梨秋茱萸插鬓花宜壽翡翠橫

盧肩

斂舞作愁謾說陶潛籬下醉何曾得見此風流

萬歲樓

江上巍巍萬歲樓不知經歷幾千秋年年喜見山長在日日悲看水獨流猿狖何曾離暮嶺鸕鷀空自泛寒洲誰堪登望雲煙裏向晚茫茫發旅愁

五言排律

夏月花萼樓酺宴應制

土德三元正堯心萬國同汾陰備冬禮長樂應和風賜慶垂天澤流歡舊渚宮樓臺生海上簫鼓出

天中霧曉筵初接霄長曲未終雨隨行幕合月影舞羅空玉陛分朝列文章發聖聰愚臣忝書賦歌詠頌繇桐

同王維集青龍寺曇壁上人兄院五韻

本來清淨所竹樹引幽陰簷外含山翠人間出世心圓通無有象聖境不能侵眞是吾兄法何妨友弟深天香自然會靈異識鐘音

東谿翫月

月從斷山口遙吐柴門端萬木紛空霽流陰中夜

攢光連虛象白氣與風露寒谷靜秋泉響巖深青
靄殘澄清入幽夢破影抱空巒恍惚琴聰裏松谿
曉思難

送歐陽會稽之任

懷祿貴心賞東流山水長官移會稽郡地邇上虞
鄉緩帶屏紛雜漁舟臨訟堂逶迤迴谿趣言嘯飛
鳥行萬室霽朝雨千峰迎夕陽輝輝遠洲映曖曖
澄湖光白髮有高士青春期上皇應須枉車歇爲
我訪荷裳

五言絶句

朝來曲

月昃鳴珂動花連繡户春盤龍玉臺鏡唯待畫眉人

題灞池二首

腰鐮欲何之東園刈秋韭世事不復論悲歌和樵叟

開門望長川薄暮見漁者借問白頭翁垂綸幾年也

擊磬老人

雙峰褐衣久一磬白眉長誰識野人意徒看春草芳

題僧房

棕櫚花滿院苔蘚入閑房彼此名言絕空中聞異香

送郭司倉

映門淮水綠留騎主人心明月隨良掾春潮夜夜深

送李十五

怨別秦楚深江中秋雲起天長杳無隔月影在寒
水

送張四

楓林已愁暮楚水復堪悲別後冷山月清猿無斷
時

武陵田太守席送司馬盧溪

諸侯分楚郡飲餞五谿春山水清暉遠俱憐一逐
臣

從軍行

大將軍出戰白日暗榆關三面黃金甲單于破膽
還

送譚八之桂林

客心仍在楚江館復臨湘別意猿鳥外天寒桂水
長

送劉十五之郡

平明江霧寒客馬江上發扁舟事洛陽窅窅含楚
月

送胡大

荆門不堪別况乃瀟湘秋何處遥望君江邊明月樓

荅武陵田太守

仗劍行千里微軀敢一言曾爲大梁客不負信陵恩

七言絶句

閨怨

閨中少婦不曾愁春日凝粧上翠樓忽見陌頭楊

柳色悔教夫壻覓封侯

蕭駙馬花燭

青鸞飛入合歡宮紫鳳啣花出禁中可憐今夜千家裏銀漢星回一道通

武陵龍興觀黄道士房問易因題

齋心問易太陽宫八卦真形一氣中仙老言余鶴飛去玉清壇上雨濛濛

西宮秋怨

芙蓉不及美人粧水殿風來珠翠香卻恨含啼掩

秋扇空懸明月待君王

春宮曲

昨夜風前露井桃未央前殿月輪高平陽歌舞新
承寵簾外春寒賜錦袍

西宮春怨

西宮夜靜百花香欲捲珠簾春恨長斜抱雲和深
見月朧朧樹色隱昭陽

青樓怨

香幃風動花入樓高調鳴箏緩夜愁腸斷關山不

解說依依殘月下簾鉤

採蓮曲二首

吳姬越豔楚王妃爭弄蓮花水濕衣來時浦口花
迎入採罷江頭月送歸

荷葉羅裙一色裁芙蓉向臉兩邊開亂入池中看
不見聞歌始覺有人來

青樓曲二首

白馬金鞍從武皇旌旗十萬宿長楊樓頭小婦鳴
箏坐遙見飛塵入建章

馳道楊花滿御溝紅粧縵綰上青樓金章紫綬千
餘騎夫婿朝回初拜侯

出塞二首

秦時明月漢時關萬里長征人未還但使盧城飛
將在不教胡馬度陰山

騮馬新跨白玉鞍戰罷沙場月色寒城頭鐵鼓聲
猶振匣裏金刀血未乾

出塞行

白花垣上望京師黃河水流無盡時窮秋曠野行

人絕馬首東來知是誰

長信秋詞五首

金井梧桐秋葉黃珠簾不捲夜來霜熏籠玉枕無
顏色臥聽南宮清漏長

高殿秋砧響夜闌霜深猶憶御衣寒銀燈青瑣裁
縫歇還向金城明主看

奉箒平明金殿開且將團扇共徘徊玉顏不及寒
鴉色猶帶昭陽日影來

真成薄命久尋思夢見君王覺後疑火照西宮知

夜飲分明複道奉恩時
長信宮中秋月明昭陽殿下擣衣聲白露堂中細
草迹紅羅帳裏不勝情

河上歌

河上老人坐古槎合丹只用青蓮花至今八十如
四十口道滄溟是我家

寄穆侍御出幽州

一從恩譴度瀟湘塞北江南萬里長莫道薊門書
信少鴈飛猶得到衡陽

送狄宗亨

秋在水清山暮蟬洛陽樹色鳴臯煙送君歸去愁不盡又惜空度涼風天

送魏二

醉别江樓橘柚香江風引雨入船凉憶君遥在瀟湘月愁聽清猿夢裏長

别李浦之京

故園今在灞陵西江畔逢君醉不迷小弟鄰莊尚漁獵一封書寄數行啼

李倉曹宅夜飲

霜天留飲故情歡銀燭金爐夜不寒欲問吳江別來意青山明月夢中看

浣紗女

錢塘江畔是誰家江上女兒全勝花吳王在時不得出今日公然來浣紗

題朱鍊師山房

叩齒焚香出世塵齋壇鳴磬步虛人百花仙醞能留客一飯胡麻度幾春

聽流人水調子

孤舟微月對楓林分付鳴箏與客心嶺色千重萬重雨斷絃收與淚痕深

宴春源

源向春城花幾重江明深翠引諸峰與君醉失松溪路山館寥寥傳暝鐘

龍標野宴

沅溪夏晚足涼風春酒相攜就竹叢莫道絃歌愁遠謫青山明月不曾空

觀獵

角鷹初下秋草稀，鐵驄抛鞚去如飛。少年獵得平原兎，馬後横捎意氣歸。

梁苑

梁園秋竹古時煙，城外風悲欲暮天。萬乘旌旗何處在，平臺賓客有誰憐。

送薛大赴安陸

津頭雲雨暗湘山，遷客離憂楚地顏。逢送扁舟安陸郡，天邊何處穆陵關。

甘泉歌

乘輿執玉已登壇細草霑衣春殿寒昨夜雲生拜
初月萬年甘露水晶盤

芙蓉樓送辛漸二首

寒雨連天夜入吳平明送客楚山孤洛陽親友如
相問一片冰心在玉壺
丹陽城南秋海陰丹陽城北楚雲深高樓送客不
能醉寂寂寒江明月心

重別李評事

莫道秋江離別難舟船明日是長安吳姬緩舞留
君醉隨意青楓白露寒

別陶副使歸南海

南越歸人夢海樓廣陵新月海亭秋寶刀留贈長
相憶當取戈船萬户侯

送人歸江夏

寒江緑水楚雲深莫道離憂遷遠心曉夕雙帆歸
鄂渚愁將孤月夢中尋

送李五

玉盌金罍傾送君江西日入起黃雲扁舟乘月暫
來去誰道滄浪吳楚分

送十五舅

深林秋水近日空歸棹演漾清陰中夕浦離觴意
何已草根寒露悲鳴蟲

留別郭八

長亭駐馬未能前井邑蒼茫含暮煙醉別何須更
惆悵回頭不語但垂鞭

送竇七

清江月色傍林秋波上熒熒望一舟鄂渚輕帆須早發江邊明月爲君留

巴陵送李十二

搖曳巴陵洲渚分清江傳語便風聞山長不見秋城色日暮蒹葭空水雲

送裴圖南

黃河渡頭歸問津離家幾日茱萸新漫道閨中飛破鏡猶看陌上別行人

留別司馬太守

辰陽太守念王孫，遠謫沅溪何可論。黃鶴青雲當
一舉，明珠吐着報君恩。

盧谿別人

武陵溪口駐扁舟，溪水隨君向北流。行到荊門上
三峽，莫將孤月對猿愁。

送程六

冬夜傷離在五溪，青魚雪落鱠橙虀。武岡前路看
斜月，片片舟中雲向西。

送朱越

遠別舟中蔣山暮君行舉首燕城路薊門秋月隱
黃雲期向金陵醉江樹

別辛漸

別館蕭條風雨寒扁舟月色渡江看酒酣不識關
西道却望春江雲尚殘

送柴侍御

沅水通波接武岡送君不覺有離傷青山一道同
雲雨明月何曾是兩鄉

西江寄越弟

南浦逢君嶺外還沅谿更遠洞庭山堯時恩澤如春雨夢裏相逢同入關

從軍行七首

烽火城西百尺樓黄昏獨坐海風秋更吹羌笛關山月誰那金閨萬里愁

琵琶起舞換新聲揔是關山離别情撩亂邊愁聽不盡高高秋月照長城

關城榆葉早疎黄日暮雲沙古戰塲表請囬軍掩塵骨莫教兵士哭龍荒

青海長雲暗雪山孤城遙望玉門關黃沙百戰穿
金甲不破樓蘭終不還
大漠風塵日色昏紅旗半捲出轅門前軍夜戰洮
河北已報生擒吐谷渾
胡瓶落膊紫薄汗碎葉城西秋月團明勑星馳封
寶劍辭君一夜取樓蘭
玉門山嶂幾千重山北山南總是烽人依遠戍須
看火馬踏深山不見蹤

殿前曲二首

盛唐

貴人妝梳殿前催香風吹入殿後來仗引笙歌大宛馬白蓮花發照池臺

胡部笙歌西殿頭梨園弟子和涼州新聲一段高樓月聖主千秋樂未休

武陵開元觀黃鍊師院三首

松間白髮黃尊師童子燒香禹步時欲訪桃源入溪路忽聞雞犬使人疑

先賢盛說桃花源塵忝何堪武陵郡聞道秦時避地人至今不與人通問

山觀空虛清靜門從官役吏擾塵喧暫因問俗到
真境便欲投誠依道源

送萬大歸長沙

桂陽秋水長沙縣楚竹離聲爲君變青山隱隱孤
舟微白鶴雙飛忽相見

送吴十九往沅陵

沅江流水到辰陽谿口逢君驛路長遠謫誰知望
雷雨明年春水共還鄉

別皇甫五

漵浦潭陽隔楚山離樽不用起愁顏明祠靈響期
昭應天澤俱從此路還

送崔參軍往龍溪

龍溪只在龍標上秋月孤山兩相向譴謫離心是
丈夫鴻恩共待春江漲

送鄭判官

東楚吳山驛樹微軺車銜命奉恩輝英寮携出新
豐酒半道逢看驄馬歸

送姚司法歸吳

吳掾留觴楚郡心洞庭秋雨海門陰但令意遠扁舟送不道滄江百丈深

寄陶副使

聞道將軍破海門如何遠謫渡湘沅春來明主封西岳自有還君紫綬恩

至南陵答皇甫岳

與君同病復漂淪昨夜宣城別故人明主恩波非歲久長江還共五溪濱

送高三之桂林

留君夜飲對瀟湘從此歸舟客夢長嶺上梅花侵
雪暗歸時還拂桂枝香

金陵全書

丁編·文獻類

陳羽詩集

(唐)陳羽 撰

南京出版社
南京出版傳媒集團

提要

《陳羽詩集》一卷，唐陳羽撰。

陳羽（約七五三—？），江東（今江蘇南京）人。唐德宗貞元八年（七九二）進士，與韓愈、王涯、李絳等同榜，時稱『龍虎榜』。曾官樂宮尉佐。善文辭，工詩，構思精巧，多警句。著有《陶說》。

陳羽生年，史無明文。聞一多《唐詩大系》定爲天寶十二年（七五三）。傅璇琮主編《唐才子傳校箋》據陳氏《送靈一上人》詩，考定其生年『當在開元二十一年（七三三）』，此說被廣爲採納。然如此說，則陳羽貞元八年（七九二）登科，已經六十歲，不應如此之老。又，韓愈曾作《落葉送陳羽》詩有云『誰云少年別，流淚各沾衣』，詩中所寫別離，時二人俱未登第。考韓愈貞元二年十九歲，始至京城，故詩作時間不當早於是年。若定陳羽生年爲七三三年，則與『少年別』不相符合，因此聞一多之說更爲合理。

本書爲清人席啟寓於康熙四十一年（一七〇二）所編刻《唐詩百名家

全集》中之一種，匯集唐代詩人陳羽所作詩歌及賦文。賦文一篇，爲《明水賦》，乃陳氏貞元八年考取進士所作之文。詩歌包括五言古詩、五言排律、五言律詩、五言絕句、七言古詩、七言律詩、七言絕句，合計五十九首，其中七言絕句占大半，可見陳氏作詩之所長。集中詩歌題材涉及寫景、詠史、懷古、羈旅、思鄉、送別、酬贈、民生、征戰、相思等，其中送別、鄉思、羈旅等主題占絕大多數，僅送別詩就有十五首。從爲數衆多的送別、羈旅詩作中可以看出陳氏長期漂泊在外，足跡遍及浙、蘇、豫、贛、粤、蜀等地。由此多年旅居而生出的思鄉之情和客子之悲，也成爲了詩集中最突出的情感表達。這種表達不僅體現在送別、思鄉、羈旅詩中，其他題材詩歌裏也時時有所涉及，如其寫景詩《春日晴原野望》，起句『東風吹煖氣，消散入晴天』，由此自然引出次聯『漸變池塘色，欲生楊柳煙』，然而接下來四句『蒙茸花向月，潦倒客經年。鄉思應愁望，江湖春水連』，情緒遽然變化，作者想到自身常年漂泊，頓生思鄉之情，遙望那故鄉，却也只能看見茫茫江湖。客居愁苦表現得淋漓盡致。其他又如抒懷詩《長安臥病秋夜言懷》『楚客病來思鄉哭，寂寥燈下不勝愁』，紀遊詩《春日南山行》『長嫌爲客過州縣，漸被時人識姓名』等等，皆是如此。

詩集中有些描寫社會民生的詩歌，數量雖少，但是卻極有意義。如五言絕句《梁城父老怨》：『朝爲耕種人，暮作刀鎗鬼。相看父子血，共染城壕水。』詩寫中唐時期藩鎮割據給人民帶來的苦難。這是一幅血淋淋的畫面。短短二十字，通過梁城老人的口吻，訴說了對頻繁戰爭的痛惡和怨恨，内涵既深且廣，堪稱『詩史』。

陳羽作詩，向有構思精巧之譽，詩集所收詩歌可印證這一説法。如七言古詩《長相思》，集中録其文曰：『相思長相思無限極相思苦相思損容色真可惜相思不（可）徹日日長相思腸斷絕淚還續間人莫作相思曲。』此詩初看不成章法，但實際是使用了『頂真法』，詩中前一句結尾作爲後一句的開頭，結構嚴密，趣味盎然。又如七言絕句《送辛吉甫常州覲省》有『新年送客我爲客』之句，融送别、羈旅、思鄉之情於一體，不僅表達了惜别之情，更是將客居他鄉的愁苦刻畫得悲切深沉，讀之使人愴然。

陳羽詩歌之編集，當以本書爲最早且全面。席啟寓於《唐詩百名家全集》自序中曰：『余之所刻者，必博采所傳，務求其備。』可見其對各家詩集彙編完備的自信，但是具體到本書詩歌的搜集，卻仍有遺漏。如元人辛文房所著《唐才子傳》曾舉陳羽詩：『稚子新能編筍笠，山妻舊解補荷衣。秋山隔岸清猿叫，湖水當門白鳥飛。』謂『此景何處無之，前後誰能道者？二十八字，一片圖畫，非造次之謂也』，然而該詩即不見於本書。又如宋代洪邁編《萬首唐人絕句》，收陳羽《從軍行》一詩：『海畔風吹凍泥裂，枯桐葉落枝梢折。橫笛聞聲不見人，紅旗直上天山雪。』該詩氣勢飛動，意境剛健，爲歷代所稱道，然而亦不見於本書。席氏刊印此書之後三年，彭定求等編《全唐詩》中亦收有陳羽詩歌一卷，則較爲完備。但是不可否認，本書顯然爲《全唐詩》陳羽詩歌之編集提供了便利。

本書收録於席氏琴川書屋於康熙年間所刻《唐詩百名家全集》中，是爲初刻，今藏南京圖書館、中國國家圖書館、北京大學圖書館等。康熙刻本之後，又有光緒八年（一八八二）刻本、光緒二十八年掃葉山房石印本等。《金陵全書》收録的《陳羽詩集》以南京圖書館藏清康熙席氏琴川書屋《唐詩百名家全集》本爲底本原大影印出版。

張　琪

陳羽詩集目錄

七言絶句

陳羽詩集目録

陳羽詩 三

陳羽詩集

江東人貞元八年陸贄下第三人登科歷官至樂宮尉佐卒有詩行於世

賦

明水賦

以玄化無宰至精感通爲韻

彼美明水含精自天孤影流輝乃凝空作潤召靈來享故爲酒穪玄所以貴新滌慮殷薦告虔水本涵清表至深之心著明以比德惟馨香之義全想夫含氣遥空成形永夜出陰鑒則凝清自美對明燭則摇光相借至誠所感同就濕而流大享是資若待神而化斯可謂至精無朕明誠有孚映清月而乍融乍結洗輕烟而若有若

陳羽詩集

無潤而鮮見湛露之濡金鏡皛而潔類清水之在玉壺至若高天委秋皎月分彩氤氳旣合和粹斯在方昭德以降神異趨下而歸海是知嚴而敬者其德大潔而祀者其福倍緊景命之不渝豈成功之不宰原夫明水之初化也天子齋心司烜藏事望靈月露炎燧皎皛浮光清冷在器自無而有知靈化之不測應感而來知神物之斯至其或崇國祀設方明備禮樂潔粢盛用陶匏之器薦繭栗之牲秩神祇而配坐望天地之合精匪明水而神不降無明水則祀不誠是

以明處作離水居爲坎諒明冰之潛化本陰陽之所感其名也合五行之德其用也冠三酒之功泊爾味淡凝然色融至馨無臭至潔含空則是水也與靈物幽通

五言古詩

公子行

金羈白馬郎何處踏青來馬驕郎半醉躞蹀望樓臺似見樓上人玲瓏窻户開隔花聞一笑落日不知回

五言排律

中秋夜臨鏡湖望月

鏡裏秋宵望湖（一作潮）平月彩深圓光珠入浦浮照鵲驚林淡蕩光還碎嬋娟影不沈遠時生岸曲空處落波心迥徹輪初滿孤明魄未侵桂枝如可折何惜夜登臨

御溝新柳

宛宛如絲柳含黃一望新未成溝上暗且向日邊春婀娜方遮水低迷欲醉人託空方鬱鬱逐溜影鱗鱗弄色滋宵露垂枝染夕塵夾堤連太液還似映天津

西蜀送許中庸歸秦赴舉

春色華陽國秦人此別離驛樓橫水影鄉路入花枝日煖鶯飛好山晴馬去遲劍門當石隘棧道入雲危獨鶴心千里貧交酒一巵桂條攀偃蹇蘭葉藉參差旅夢驚蝴蝶殘魂怨子規碧霄今夜月惆悵上峨嵋

五言律詩

春日晴原野望

東風吹煖氣消散入晴天漸變池塘色欲生楊柳煙蒙茸花向月潦倒客經年鄉思應愁望江

湖春水連

湘妃怨

舜欲省蠻陬南巡非逸游九山沈白日二女泣滄洲目極巫一作楚雲斷恨連湘水流至今聞鼓瑟咽絶不勝愁

送戴端公赴容州

分命諸侯重威綏繡服香八蠻沿險阻千騎踏繁霜山斷旌旗出天清劍珮光還將小戴禮遠去化南方

送殷華之洪州

離堂悲楚調君奏豫章行愁處雪花白夢中江水清扣船歌月露避浪宿猿聲還作經年别相思湖草生

春園即事

水隔羣物外夜深風起蘋霜中千樹橘月下五湖人聽鶴忽忘寢見山如得鄰明年還到此共看洞庭春

五言絶句

梁城父老怨

朝爲耕種人暮作刀鎗鬼相看父子血共染梁城

濠水

江上愁思二首

江上翁開門開門向裏草只知愁子孫不覺生涯老

其二

江上[redacted]草莖枯葉復焦那堪芳意盡夜夜没寒潮

送遠上人一作送靈一上人

十年勞遠別一笑喜相逢又上青山去青山千萬一作里重

七言古詩

長相思

相思長相思無限極相思苦相思損容色眞可惜相思不徹日日長相思腸斷絶淚還續間人莫作相思曲

七言律詩

喜雪上竇相公

千門萬户雪花浮點點無聲落瓦溝全似玉塵消更積半成冰水結還流光添曙色連天遠輕逐春風上玉樓平地巳沾盈尺潤年豐須賀富

人侯

送友人及第歸江東

五陵春色泛花枝心醉花前遠別離落第恥爲關右（一作上）客成名空羨里中兒都門雨歇愁分處山店燈殘夢到時家住洞庭多釣伴同來相賀話相思

長安卧病秋夜言懷

九重門鎖禁城秋月過南宮漸映樓紫陌夜深槐露滴碧空雲盡火星流清風刻漏傳三殿甲第歌鐘樂五侯楚客病來鄉思苦寂寥燈下不

勝愁

梓州與温商夜別

鳳皇城裏花時別玄武江邊月下逢客舍莫辭先買酒相門曾忝舊登龍迎風霄雪千家竹隔水悠揚午夜鐘明日又行西蜀路一作去不堪天際遠山重

七言絶句

湘妃怨

二妃怨處雲沈沈二妃淚處湘水深商人酒滴廟前草蕭颯風生斑竹林

步虛詞

漢武清齋讀鼎書内官扶上畫雲車壇上月明
宫殿閉仰看星斗禮空虚

廣陵秋夜對月即事

霜落寒空月上樓月中歌吹滿揚州相看醉舞
娼樓月不覺隋家陵樹秋

吴城覽古

吴王舊國水烟空香徑無人蘭葉紅春色似憐
歌舞地年年先發館娃宫

伏翼西洞送人

洞裏春晴花正開看花出洞幾時回殷勤好去
武陵客莫引世人相逐來

吴王廟

姑蘇城上一作臺畔千年樹一作木刻作夫差廟裏神旛一作冠
蓋寂寥塵滿座一作塵上滿不知簫鼓樂何人

夏日宴九華池贈主人

池上涼臺五月涼百花開盡水芝香黄金買酒
邀詩客醉倒簷前青玉床

長安早春言志

九衢日煖樹蒼蒼萬里無人憶水鄉漢主未曾

親羽獵不知將底諫君王

讀蘇屬國傳

天連西北居連海沙塞重重不見春腸斷帝鄉
遥望日節毛零落漢家臣

犍爲城下夜泊聞夷歌

犍爲城下牂牁路空冡灘西賈客舟此夜可憐
江上月夷歌銅鼓不勝愁

和王中丞使君春日過高評事幽居

風光滿路旗旛出林下高人待使君笑藉紫蘭
相向醉野花千樹落紛紛

和王中丞中和日

節應中和天地晴，繁絃疊鼓動高城。漢家分刺諸侯貴，一曲陽春江水清。

同韋中丞花下夜飲贈歌人

銀燭煌煌半醉人，嬌歌宛轉動朱脣。繁花落盡春風裏，繡被郎官不負春。

若邪溪逢陸澧

溪上春晴聊看竹，誰言驛使此相逢。擔簦躡蹻仍多病，笑殺雲間陸士龍。

夜泊荆溪

小雪已晴蘆葉暗長波乍急鶴聲嘶仙舟一夜宿流水眼看山頭月落溪

南山別僧

惆悵人間多别離梅花滿眼獨行時無家度日多爲客欲共山僧何處斯

戲題山居二首

雲蓋秋松幽洞近水穿簷石亂山深門前自有千竿竹免向人家看竹林

其二

雖有柴門長不關片雲高木共身閒猶嫌住久

人知處見欲移居更上山

山中秋夜喜士閒見過

青山高處上不易白雲深處行亦難留君不宿對秋月莫厭山空泉石寒

過櫟陽山溪

衆草穿沙芳色齊踏莎行草過春溪閑雲相引上山去人到山頭雲却低

姑蘇臺懷古

憶昔吳王爭霸日歌鐘一作謡滿地上高一作蘇臺三千宮女看花處人盡臺崩花自開

將歸舊山留別

相共遊梁[redacted]獨還異鄉揺落憶空山信陵死後無公子徒向夷門學抱關

遊洞靈觀

初訪西城李少君獨行深入洞天雲風吹清桂寒花落香繞仙壇處處聞

旅次沔陽聞克復而用師者窮兵黷武因書簡之

江上烟消漢水清王師大破緑林兵干戈用盡人成血韓信空傳壯士名

送辛吉甫常州覲省

西去蘭陵家不遠到家還及采蘭時新年送客我爲客惆悵門前黃柳絲

題舞花山大師遺居

雨過流沙歸路長一生遺跡在東方空堂寂寞閑燈影風動四山松柏香

早秋滻水送人歸越

涼葉蕭蕭生遠風曉鴉飛度望春宮越人歸去一摇首腸斷馬嘶秋水東

小山驛送陸侍御山

鶴唳天邊秋水空荻花蘆葉起秋風今夜渡頭何處宿會稽山在月明中

送李德興歸山居

烏巾年少歸去來一片綵霞仙洞中惆悵別時花似雪行人不肯醉春風

九月十日即事

漢江天外東流去巴塞連山萬里秋節過重陽人病起一枝殘菊不勝愁

酬幽閑居上人喜及第後見贈

九霄心在勞相問四十人間豈足驚風動自然

雲出岫高僧不用笑浮名

洛下贈微公

天竺沙門洛下逢請爲同社笑相容支頤忽望
碧雲裏心愛嵩山第幾峯

襄陽過孟浩然舊居

襄陽城郭春風起漢水東流去不還孟子死來
江樹老烟霞猶在鹿門山

觀朱舍人歸葬吳中

翩翩絳旐寒流上行送東歸萬里蒐幾處州人
臨水哭共看遺草有王言

步虛詞

樓殿層層阿母家崑崙山頂住紅霞笙歌出見穆天子相引笑看琪樹花

送友人遊嵩山

嵩山歸路繞天壇雪影松聲滿谷寒君見九龍壇上月莫辭清夜水中看

題清鏡寺留别

路入千山愁自知雪花摇落壓松枝世人並道離别苦誰信山僧輕别離

宿淮陰作

秋燈點點淮陰市楚客連檣宿淮水夜深風起
魚鼈腥一作醒韓信祠堂明月裏

春日南山行

處處看山不可行野花相向笑無成長嫌爲客
過州縣漸被時人識姓名

贈[redacted]

或棹孤舟或杖藜尋常適意釣長溪草堂竹逕
在何處落日孤煙寒渚西

陳羽詩集

金陵全書

丁編·文獻類

詠史詩

（唐）孫元晏 撰

南京出版社
南京出版傳媒集團

提要

《詠史詩》一卷，唐孫元晏撰。

孫元晏（生卒年不詳），江寧（今江蘇南京）人。原名玄晏，因宋、清文獻著録時避諱『玄』作『元』，故相沿成習。大約活動於晚唐時期，生平事跡不詳，惟洪邁《萬首唐人絕句》注明其曾爲『中書舍人』。著有《覽北史》，今佚。

《詠史詩》是以史傳所載的人物、事件爲題材而歌詠的詩歌作品。自班固始作《詠史》以後，歷代不乏相繼者，但專門從事此類題材的寫作者，則是到晚唐時期才批量涌現，有的已經亡佚，流傳至今且數量較多者則當屬胡曾、汪遵、周曇、孫元晏四人之作。

本書存孫氏七十五首詠史詩，皆爲七言絕句，分詠吳、晉、宋、齊、梁、陳六個朝代之歷史，集中於金陵一地。其編排亦以吳、晉、宋、齊、梁、陳六朝爲序。其所吟詠之對象較其他唐人詠史組詩更爲複雜，有詠名物者，如《黃金車》《青蓋》等篇；有詠人物者，如《魯肅》《呂蒙》等篇；有詠地名者，如《武昌》《烏衣巷》等篇；有詠歷史故事者，如《魯肅指囷》《謝公賭墅》等篇；有詠史書所涉詞語者，如《勍敵》《狎客》等篇。諸多題詠中，以詠歷史人物占絕大多數。此外，其中吟詠歷史故事的詩篇，是其他詠史組詩所無者，較有特色。從題詠對象之多樣性可以推測孫氏創作該組詩的過程，大概是閱讀史書時有所體悟，即就其事題篇，賦爲詩詠。

由於本書是大規模的組詩，故其中出現了不少爲前人所詬病的問題，比如從藝術手法看，許多詩篇的構思方式難免雷同，甚至形成了一些套式。比如《魯肅》『若無子敬心相似，爭得烏林破魏師』、《呂蒙》『不探虎穴求身達，爭得人間富貴來』等等，皆是『如果無某種原因，怎會有某種後果』模式。又如從命意看，集中詩歌往往對歷史人物加以讚美，或是對歷史事件的感慨，缺乏精警的見解和深厚的韻味。比如《徐盛》詩：『欲把江山鼎足分，邢貞銜册到江南。當時將相誰堪重，徐盛將軍最不甘。』（本書『貞』誤刻作『真』）此詩前兩句寫孫權向曹魏稱藩屬後，曹魏遣邢貞至東吳，拜孫權爲吳王。后兩句寫孫權出都亭迎候邢貞，而邢貞驕横跋扈，史載『張昭既怒，而盛忿憤，顧謂同列曰：盛等不能奮身出命，爲國家並許洛，吞巴蜀，而令吾君與貞盟，不亦辱乎！因涕泣横流』。邢貞聞之，謂其同行者曰：『江東將相如此，非久下人者也。』這是盛讚徐盛。孫氏此詩，不過敷陳史實，加以稱美，並無新意。再如從語言看，普遍直白淺顯，亦欠生動，如《謝玄》詩『旌旗首尾千餘里，渾不消他一局棋』之類。

正因爲存在以上問題，後人對包括孫元晏在内的此類詠史組詩評價不高，如明許學夷《詩源辨體》曰：『晚唐七言絶，周曇有詠史一百四十六首，胡曾一百首，孫元晏七十餘首，汪遵五十餘首……俱庸淺不足成家。』此外，既有研究認爲周、胡、孫、汪四人中，孫氏組詩的藝術水準和價值都排在最末。但是孫詩實際也有其可觀之處，有學者指出『玄晏詩頗以神韻勝，風格在胡曾、周曇之上』，如其《謝混》詩：『尚主當初偶未成，此時誰合更關情。可憐謝混風華在，千古翻傳禁臠名。』據《晉書》載東晉孝武帝欲爲公主選婿，王珣薦謝安之孫謝混，不久孝武帝去世，婚事遂罷。時袁崧亦欲以女妻之，王珣言曰：『卿莫近禁臠。』所謂『禁臠』，『初，元帝始鎮建業，公私窘罄，每得一豚，以爲珍膳，項上一臠尤美，輒以薦帝，羣下未嘗敢食，於時呼爲「禁孌」』，故王珣因以爲戲，此事傳爲佳話。然謝混本以風華才貌聞於當時，史載『少有美譽，善屬文』，故其本應以此名傳後世，然而被人所記住的只有『禁孌』事。孫氏此詩，正是抓住這一點展開描寫，翻出新意，耐人尋味。

總體來說，本書雖難稱上乘之作，但是以其詠史通俗易懂，故流傳較廣，並爲後世歷史演義等俗文學作品引用，作爲一種文學現象，值得重視。

《宋史·藝文志》著録：『孫元晏，《六朝詠史詩》一卷。』然該單行本早佚，其收詩具體數量及内容，不得而知。今存可見最早之《六朝詠史詩》收録於南宋洪邁所編《萬首唐人絕句》，存詩七十五首。其後明代趙宧光重編本《萬首唐人絕句》、明代胡震亨《唐音統籤》、清代季振宜《全唐詩稿本》等所收孫詩，皆自洪邁本出。康熙四十五年（一七〇六）曹寅奉敕於揚州詩局刊刻《全唐詩》，所收孫元晏《詠史詩》一卷七十五首，沿襲自《全唐詩稿本》，只不過名稱去掉『六朝』二字而已。此本較他本較爲優异。

《金陵全書》收録的《詠史詩》以南京圖書館藏清康熙四十五年（一七〇六）揚州詩局刻《全唐詩》本爲底本原大影印出版。

張　琪

全唐詩目 第十一函

第七冊

孫元晏 一卷以下無考

嚴識玄 何象 張震 丘光庭

武翊黃 李祜 韓輿 李茂復

李曜 吳圓 陸弘休 安錡

油蔚 胡玢 盧注 胡幽貞

狄煥 韓溉 金昌緒 曾麻幾 共一卷

鄭軌 劉戩 楊齊哲 劉夷道

楊希道 王勣 郭恭 張烜

張修之 梁獻 符子珪 李何

鄭鏦　紇干著　李習　顏舒
朱絳　徐璧　徐安期　裴延
陳述　朱琳　謝陶　何贊
解彥融共一卷
董初　賀朝清　楊衡　唐晅
李韶　韋鵬翼　安鴻漸　李延陵
秦尚運　張仲謀　馮少吉　殷陶
羅炯　韓雄　苗仲方　陳嶰
張起　陳政　李建業　羅維
殷益　李得　王邵　曹修古
朱子真　嚴郭　張子明　李謹言

唐怡　潘求仁　閻德隱　劉元叔
常理　馮待徵　泠朝光　衞萬
李章　王沈　王偃　李暇
李播　辛弘智共一卷
吉師老　吴商浩　沈祖仙　邵士彦
吴大江　荆叔　蕭靜　元凜
徐振　張侹　方澤　景池
張鴻　姚揆　王訓　張爔
虞羽客　鄭渥共一卷

全唐詩

孫元晏

孫元晏不知何許人曾著詠史詩七十五首今編爲一卷

吳

黃金車

分擘山河即漸開許昌基業已傾頹黃金車與班斕耳早個須知入讖來

赤壁

會獵書來舉國驚秪應周魯不教迎曹公一戰奔波後赤壁功傳萬古名

魯肅指囷

破産移家事亦難，佐吴從此霸江山。爭教不立功勳得，指出千囷如等閑。

甘寧斫營

夜深媮入魏軍營，滿寨驚忙火似星。百口寳刀千匹絹，也應消得與甘寧。

徐盛

欲把江山鼎足分，邢貞銜册到江南。當時將相誰堪重，徐盛將軍最不甘。

魯肅

斫案興言斷衆疑，鼎分從此定雄雌。若無子敬心相似

爭得烏林破魏師

武昌

西塞山高截九垓讖謡終日自相催武昌魚美應難戀
曆數須歸建業來

顧雍

贊國經綸更有誰蔡公相歎亦相師貴爲丞相封侯了
歸後家人總不知

呂蒙

幼小家貧實可哀願征行去志難回不探虎穴求身達
爭得人間富貴來

介象

好道君王遇亦難變通靈異幾多般介先生有神仙術
釣得鱸魚在玉盤
濡須塢
風揭洪濤響若雷枕波爲壘險相隈莫言有個濡須塢
幾度曹公失志回
周泰
名與諸公又不同金瘡痕在滿身中不將御蓋宣恩澤
誰信將軍別有功
張紘
東部張公與衆殊共施經畧贊全吴陳琳漫自稱雄伯
神氣應須怯大巫

太史慈

聖德招賢遠近知曹公心計却成欺陳韓昔日嘗投楚豈是當歸召得伊

孫堅后

委付張公翊聖材幾將賢德贊文臺爭教不霸江山得日月徵曾入夢來

陸統

將軍身歿有兒孤虎子爲名教讀書更向宫中教騎馬感君恩重合何如

青蓋

曆數將終勢已摧不修君德更堪哀被他青蓋言相誤

元是須教入晉來

晉

七寶鞭

天命須知豈偶然亂臣徒欲用兵權聖謨廟畧還應別
渾不消他七寶鞭

庾悅鵝炙

春暖江南景氣新子鵝炙美就中珍庾家厨盛劉公困
渾弗相貽也惱人

謝玄

百萬兵來逼合肥謝玄爲將統雄師旌旗首尾千餘里
渾不消他一局棊

謝混

尚主當初偶未成此時誰合更關情可憐謝混風華在千古翻傳禁臠名

陸玩

陸公高論亦由衷謙讓還慙未有功天下忠良人欲盡始應交我作三公

王坦之

晉祚安危只此行坦之何必苦憂驚謝公合定寰區在爭遣當時事得成

蒲葵扇

抛捨東山歲月遥幾施經畧挫雄豪若非名德喧寰宇

爭得蒲葵價數高

王郎

太尉門庭亦甚高王郎名重禮相饒自家妻父猶如此
誰更逢君得折腰

劉毅

遶牀堪壯喝盧聲似鐵容儀衆盡驚二十七人同舉義
幾人全得舊功名

王恭

春風濯濯柳容儀鶴氅神情舉世推可惜欽若仗旄鉞
枉將心地託牢之

謝公賭墅

發遣將軍欲去時畧無情撓只貪棊自從乞與羊曇後
賭墅功成更有誰

苻堅投箠

投箠填江語未終謝安乘此立殊功三台星爛乾坤在
且與張華死不同

衞玠

叔寶羊車海内稀山家女壻好風姿江東士女無端甚
看殺玉人渾不知

郭璞脱襦

吟坐因思郭景純每言窮達似通神到頭分命難移改
解脱青襦與別人

庾樓

江州樓上月明中從事同登眺遠空玉樹忽薶千載後有誰重此繼清風

新亭

容易乘虛逼帝畿滿江艛艣與旌旗廬循若解新亭上勝負還應未可知

宋

大峴

大峴纔過喜可知指空言已副心期公孫計策嗟無用天與南朝作霸基

放宫人

納諫廷臣免犯顔自然恩可霸江山姚興侍女方承寵
放出宫闈若等閑

借南苑

人主詞應不偶然幾人曾說笑掀天不知南苑今何在
借與張公三百年

謝澹雲霞友

仗氣凌人豈可親只將范泰是知聞緣何喚作雲霞友
却恐雲霞未似君

烏衣巷

古迹荒基好歎嗟滿川吟景只煙霞烏衣巷在何人住
回首令人憶謝家

袁粲

負才尚氣滿朝知高卧閑吟見客稀獨步何人識袁尹
白楊郊外醉方歸

劉伯龍

位重何如不厭貧伯龍孤子只修身固知生計還須有
窮鬼臨時也笑人

王方平

拂衣耕釣已多時江上山前樂可知著却貂裘將採藥
任他人喚作漁師

黄羅襦

戚屬羣臣盡見猜預憂身後又堪哀到頭委付何曾是

虛把羅襦與彥回

謝朏

謝家諸子盡蘭香，各震芳名滿帝鄉。惟有千金更堪重，只將高卧向齊王。

羊玄保

運命將來各有期，好官才闕即思之。就中堪愛羊玄保，偏受君王分外知。

齊

謝朏

解璽傳呼詔侍中，却來高卧豈疏慵。此時忠節還希有，堪羨君王特地容。

小兒執燭

謝公情量已難量忠宋心誠豈暫忘執燭小兒渾放去
略無言語與君王

王僧祐

肯與公卿作等倫澹然名德只推君任他車騎來相訪
簫鼓盈庭似不聞

王僧虔

位高名重不堪疑懇讓儀同帝亦知不學常流爭進取
却憂門有二台司

明帝裹蒸

至尊尊貴異人間御膳天厨豈等閑惜得裹蒸無用處

不如安霸取江山

鬱林王

強哀強慘亦從伊歸到私庭喜可知喜字漫書三十六

到頭能得幾多時

何氏小山

顯達何曾肯繫心築居郊外好園林賺他謝朏出山去

贏得高名直至今

王倫之

豫章太守重詞林圖畫陳蕃與華歆更奠子將并孺子

爲君千載作知音

潘妃

曾步金蓮寵絕倫豈甘今日委埃塵玉兒還有懷恩處
不肯將身嫁小臣

王亮

後見梁王未免哀奈何無計拯傾頹若教彼相顛扶得
爭遣明公到此來

梁

分宮女

滌蕩齊宮法令新分張宮女二千人可憐無限如花貌
重見世間桃李春

馬仙琕

齊朝太守不甘降忠節當時動四方義士要教天下見

且留君住待袁昂

勍敵

傳聞天子重儒才特爲皇華綺宴開今日方驚遇勍敵
此人元自北朝來

蔡撙

紫茄白莧以爲珍守任清眞轉更貧不飲吳興郡中水
古今能有幾多人

楚祠

曾與蕭侯醉玉梧此時神影盡傾頹莫云千古無靈聖
也向西川助敵來

謝朏小輿

小輿升殿掌鈞台不免無繆却憶回應恨被他何肩誤
悔先容易出山來

八關齋

依憑金地甚虔誠忍溺空王爲聖明内殿設齋申禱祝
豈無功德及臺城

庚信

苦心詞賦向誰談淪落周朝志豈甘可惜多才庚開府
一生惆悵憶江南

陳

王僧辨

彼此英雄各有名石頭高卧擬爭衡當時堪笑王僧辨

待欲將心託聖明

武帝蚌盤

金翠絲黄略不舒蚌盤清宴意何如豈知三閣繁華日
解爲君王妙破除

虞居士

苦諫將軍總不知幾隨煙焰作塵飛東山居士何人識
惟有君王却許歸

姚察

曾佐徐陵向北遊剖陳疑事動名流却歸掌選清何甚
一匹花練不肯收

宣帝傷將卒

前後兵師戰勝回一百餘城壘盡歸來當時將卒應知感
況得君王爲舉哀

臨春閣

臨春高閣上侵雲風起香飄數里聞自是君王正沈醉
豈知消息報隋軍

綺閣

結綺高宜眺海涯上凌丹漢拂雲霞一千朱翠同居此
爭奈恩多屬麗華

望僊閣

多少沈檀結築成望仙爲號倚青冥不知孔氏何形狀
醉得君王不解醒

三閣

三閣相通綺宴開數千朱翠遶周回只知斷送君王醉不道韓擒已到來

狎客

八宮妃盡賦篇章風揭歌聲錦繡香選得十人爲狎客有誰能解諫君王

淮水

文物衣冠盡入秦六朝繁盛忽埃塵自從淮水乾枯後不見王家更有人

江令宅

不向南朝立諫名舊居基在事分明令人惆悵江中令

只作篇章過一生

後庭舞

嬿婉回風態若飛麗華翹袖玉爲姿後庭一曲從教舞

舞破江山君未知

金陵全書

丁編·文獻類

藏海居士集

（宋）吴可 撰

南京出版傳媒集團
南京出版社

提要

《藏海居士集》二卷，宋吴可撰。

吴可，字思道，金陵（今南京市）人。生卒年不詳，或爲南北宋間人（上至元祐，下至乾道、淳熙）。少從榮天和學詩，與王松、王莊、陳角梳爲詩社事。後寓汴京，官至團練使。宣和末，亟挂冠去，責授武節大夫，致仕。建炎初，避寇南渡，奔荆楚，流寓豫章、新安等地。以詩爲蘇軾、劉安世所賞，詩思超拔，乃高逸之士。以文章節義名於時，與李之儀、韓駒、趙令畤、周紫芝、米友仁等皆有詩作往來。生平及交友事跡、詩作影響見於張用鼎《金陵新志》、朱緒曾《開卷有益齋讀書志》，及吴繼曾、李之鼎集跋文。著有《藏海居士集》二卷、《藏海詩話》一卷。

藏海，吴可居所之名。曾舉其齋之名以告李之儀，請其作記。李氏稱『卓哉，能師東坡之語』，認爲其寓都下累年，職事在秘殿，所聞見皆一時盛事，又於所舍名之曰藏海，頗有蘇東坡『惟有王城最堪隱，萬人如海一身藏』之意（李之儀《吳思道藏海齋記》，作於政和五年四月二十四日）。早年間，吳可與李之儀來往較多，除了齋記，尚有『與吳思道』的十三份手簡，『跋吳思道詩』『跋吳思道小詞』『寄題吳思道横翠堂』『讀吳思道藏海詩集傚其體』『吳思道朝服畫像贊』『又道服贊』等，皆與他有關（見於《姑溪居士前集》）。《藏海居士集》即吳可詩集，據《集》中提及的地名，於豫章各地屢見篇章，如『往時家分寧』『四顧彭蠡湖』『登臨川城』『避寇湘江外』『避地桂陽山』等。大抵爲宣和末年辭官之後、因寇亂奔荊楚時的詩作。

全書分爲二卷，卷上、卷下，筒十九頁。卷上爲五言古詩（十五首）、七言古詩（七首），卷下爲五言律詩（六首）、五言排律（一首）、七言律詩（十三首）、五言絕句（二首）、七言絕句（十四首），計五十八首詩。内容大概可分为几类：一是避寇亂，流寓於外，感時懷舊思鄉。如『客懷滯荊楚，念之成白頭』（《避地桂陽山門招友人晚飲》）；『久客江湖遠，頻年道路艱』『餘生猶轉徙，清夢遶柴關』（《懷歸》）；靖康之變，建炎南渡，詩集中多次提到『避寇亂』之事，及動亂中的經歷，『卧聽鄰雞三鼓鳴，流言敵騎一宵及』（《夜聞警》）；偶有疲於奔波之累，『梅子有情沿路熟，麥花無數及時開』（《豫章道中》）。二是遊歷、寫景。如『孤吟梅花望神京，澆愁恨無雙玉瓶』（《山居見梅》）；『時危傷去國，歲晚強登城』（《登臨川城》）。五言絶句、七言絶句大多詠鄉間美景，如《野步》《春霽》《踏青》《村居》《初涼》，生活氣息較爲濃烈，其中《晚步》中的兩句『春風可是閒來往，時送江梅一陣香』，爲韓駒、李廌所喜，這與《山居見梅》中寫梅的心境是不一樣的。再如《小醉》：『小醉初醒過竹村，數家殘雪擁籬根。風前有恨梅千點，溪上無人月一痕。』是很純粹的寫雪景。三是酬答友人、訪友。『亂後時通問，飄流尚此身』『知君懷老伴，詩酒慰情親』（《寄李道夫》）；『那信夢魂隨北雁，忍看霜雪滿南枝』（《春雪後寄范長民》）。四是題辭、齋亭。如《題翹翠軒詩》《題質軒》《簇翠亭》等。

《四庫提要》評吳可詩『大致清警，與謝逸、謝邁兄弟氣格相近』，李之儀稱『吳君詩咄咄逼人，近時人未易接武』，一時名流無不推重。李之鼎認爲『五古質樸，五律謹嚴』（《藏海居士集跋》）。雖然詩作以時代銷沉，但在當時來看，還是爲時所許，賴以散見於《永樂大典》，其後終得以窺見。

丁丙《善本書室藏書志》載《藏海居士集》二個版本：一是舊鈔本，爲四庫館臣由《永樂大典》輯佚，有翰林院點抹筆記；二是瞿氏精鈔本，清吟閣藏本。另外，有民國宜秋館刻本，甲寅三月刻於宜秋館，此本即《永樂大典》本，和舊抄本不同的是，正文前有『錢塘丁丙善本書室藏書志』（收錄兩種《藏海居士集》書目版本）、『上元朱緒曾開卷有益齋讀書志·藏海居士集』（後附吳繼曾跋、甲寅季秋之鼎識），文末有甲寅二月李之鼎振唐跋『藏海居士集跋』。朱緒曾《讀書志》爲李之鼎後補刻的，其識云：『春間刊此集時，未見朱氏《讀書志》，故跋語疑居士於豫章爲釣遊之舊，今確知其爲金陵人，並證明孫覿詆訶清流語不足據。朱氏於藏海居士可謂功臣矣，亟錄《讀書記》此條補刊集內，裨後人攷居士事實者一助云。』

《金陵全書》收録的《藏海居士集》以南京圖書館藏清乾隆間翰林院抄本爲底本原大影印出版。

王寧玲

集

別集類 南宋

藏海居士集二卷 館輯州底本

宋吳可撰

此館臣採輯永樂大典之州底有翰林院印點抹筆跡猶儼然也据提要云可當宣和末年官汴京復乞閒出去嘗居汝州輒從楚蔡之間集與王安中趙令時米友仁諸人酬答

欽定四庫全書

藏海居士集卷上

宋 吴可 撰

五言古詩

題馬工元所藏趙墨隱畫淵明四詩

我不識趙子見此便得知之談笑出丘壑粲然備四時似聞月旦許氣壓淵明詩馬卿寧白下慣作煙雲嬉歸來九衢塵舊好不少移慇懃着懷袖亦足慰夢思我本家北阜一官老京師頻懷月下松披圖覓幽姿正恐林間

格流水濱查寫

鶴怨我無歸期那知此心在衡宇終棲遲誰憐阿堵中
幾有一斛泥願分溪上山供我筇拄頤

吴秀才出示孫尚書詩求鄙作

往時家分寧風俗喜追隨挽留杯酒間往往醉如泥比
年舍臨汝閉關無相知牢落三週星淹泊一水湄人事
郎漸熟鄰曲不復疑聞有長者客清談頗忘疲宗盟晚
相遇佳比野鶴姿過我忽長鳴傾倒胷中奇借問所從
來半世游京師羣賢共文字聲名冠當時自得固有餘

足能攀桂枝、上以榮北堂、下以光衰遲、故山未暇往、舊游不足思、墻東或可隱、便擬營茆茨、奇懷傚南總、幽花擷東籬、是亦差可樂、去此將何為、恨未識胥鄧、論交尚差池、不妨氣類求、相與慰飢渴、同姓紛在眼、邈然棄如遺、此道已澆薄、君乃敦篤之、何當羡盛德、老矣徒嗟咨、黃嬭厄兵火、荒唐廢文辭、毛子素偃蹇、豈復能發揮、誰為國士重、自有尚書詩、

題賀龜軒詩

清江料事錯、來作劉鵬翁、不知幾許靈墮此朽骨中、時出縱橫文隨意侮兒童、誰識軒中人、本自無吉凶、平生不驚俗、要與衆客同、人言可爲鑑、試卜來年豐、

巖齋

誰知望雲眼、犯此沒馬塵、故山招不歸、定爲猿鶴嗔、煌煌帝王州、喜有東山人、頻來雲霧齋、閱公碧璘珣、要償風月債、痛吟巖壑春、賢哉萬卷藏、膏馥餘八珍、空腸借一飽、已覺笑語新、肯學解頤公、鑿壁惱四隣、大勝不求

直樂我平生真

筠寮

解衣一寮上物色太窘束栢禪費酬對松官縛爵禄此君真有道虛心自嵓谷每以閱世人得之定趨俗夜夜幽露寒驚我庭下緑獨出萬物表清蟾映疎玉嘉此煙霧姿本無霜雪辱朔風舞郊野秀氣壓羣木舊根走皆徑新梢出雲屋要令千畝廣會待春雨足

贈連楚狂

誰有畫魚癖、詩社尋楚狂、真成藏新荷、徑欲穿垂楊、餘生墮轍中、恍然得濠梁、寓興亦差樂、江湖庶相忘、

舟中即事

四顧彭蠡湖、獨知廬阜尊、疊障迺圍繞、拱立猶兒孫、扶節竹望瀑布、玉虹走祇園、回步尋虛亭、餘流漱理琨、三峽誇幽險、下有萬雷喧、龍淵神物家、孰敢窺清渾、歸來有餘思、妙音傳夢魂、舟大果孤傍、山川出籠樊、生平數佳士、歡然笑語溫、殊鄉愛遠客、一見如弟昆、直有卜鄰意、

便擬營柴門、惜別屢往還、遺酒盈瓶盎、回首幽居雲、忽
作聚墨昏岡巒、互起伏時為煙霧呑、遙知急雨來、坐看風雲奔、浮家
苦漂泊、且繫古柳根、晚來喜新霽、遙岑淡餘痕、岸花自
斌媚、始怪秋色繁、近沙羣鷺鶿、迴如積雪翻、林間閒消
屋、欲與漁父言、想像翠靄中、疑有桃花源、津子請息肩、
買醉溪上村、我亦睡篷底、輾轉吟東屯、痛被日月遠、念
此骨月存、誰能致薪粲、㾓幾度寒暄、避秦豈本志、多病
不復論、

送李四清

連侯愛畫魚、李侯愛畫山、詩情動幽懷、摹㝍不必閒、驗
雅移丹青、妙寄雲水間、翩然欲登涉、試尋芷與蘭、我不
一音解、早年使桂冠、飬拙頽簷下、任真亦足歡、敵騎踐
江浙、少長奔荊蠻、卻行虎狼區、益知行路難、亂來戰未
息、老去食轉艱、前年治南畝、頗喜人斗安、力耕日以廣、
心事日以寬、行當遂野性、策杖尋江干、雲深幾笏屋、栁迆
映一柴關、扁舟鳴撥刺、危亭秀孱顏、安得兩玉人、隣曲

相追攀、真賞會心處、應當謝毫端、長哦洗兵馬、隨意羅杯盤、伯雅要傾倒、莫厭數往還、顧如三徑松、餘生同歲寒、

送王觀

文正活國手、頗恨見不及、宦遊識其孫、想像高冠岌、豈但為交承、自是賢友執、尤思談性命、微到鬼神泣、吾曹飲滄海、百川姜一吸、失却大官味、卷舌舐泥汁、因依既云乂、臨別百憂集、去去好護持、雨荷終不濕、

避地桂楊山門招友人晚飲

荒城任行李、故人亦淹留、稍還墟丘間、愛此石泉幽、長夏晴復雨、風氣如清秋、開樽茅茨下、焉能消百憂、客懷滯荆楚、念之成白頭、今宵理歸夢、一棹隨風流、

過許醉吟痛飲月下戲書

塵埃没我馬、掉鞅吟公詩、詩中有江山、不覺在京師、下馬自叩門、來尋元紫芝、欲掃名利心、笑挹丘壑姿、東菑、坐無氊、北風吹酒巵、蟹螯互勸酬、墜車兩不辭、聽公擊

節吟、悲壯亦自奇、看公醉山倒、了不遣客歸、客歸意亦好、月色到處隨、詩成月下偶、淡墨任傾欹、平生不知韵、興來聊續之、詞達語更正、識者未必嗤、

探梅

探春逼殘歲、幽香度寒原、欲看枝橫水、會待月掛村、誰憐槁木中、妙有春風根、孤芳自一丘、不受煙霧昏、飽霜分踈瘦、下笑浪蕋繁、喜無蜂蝶知、那與桃李言、要當碧雲暮、般勤賦離寃、

泰定齋詩

寂然敉椽下、獨㸌一宇內、脫落山水因、妙出、仁智外、君看鑑中事、作止本無礙、年來識坐忘、唯餘照心在、

安靜齋詩

歸來便閒適、松檜自儔侶、扶踈媚虗堂、初無一禽語、長哦柴桑詩、妙香吐雲縷、平生壑源好、蓮甌發新乳、痛洗來朝怳、得意乃如許、輪蹄不、到門、幽壁掛犀麈、芙拂維、摩床、西窗睡秋雨、

失題

熱官惱狂士，氷山倚嚴冬。此計定不長，會作須臾空。先生踏金門，大節孝與忠。能事不掛口，處之如無功。高隱百僚上，妙有淵明風。東垣着巖岫，南榮著檜松。疎窻落山影，雲霧穿玲瓏。潑流架錦石，一練搖青紅。笑携玉色醪，酌彼千石鍾。良時飲文字，此興誰與同。為君指佳處，不落㨗徑中。從來論丘壑，風味過庾公。

七言古詩

秘書堂詩

羣兒只解秘金玉、百歲作癡空潤屋、君家勝味渠不知、
掉頭歸來北窗讀、插架整整三萬籤、誰何有書真不然、
是中文字到蝌蚪、補亡應得由庚篇、異錦千囊更妙好、
中有玉奩藏小草、不煩脫帽若揮毫、漫說驚虵雜飛鳥、
摩挲咢㬎自笑語、碧暈堆花久瘞土、懸知百好墮兒戲、
此物一出吞萬古、客來錯認初不解、把玩慇懃定為怪、
我知此老極不淺、規模正欲超三代、

題翹翠軒詩

老木拔雲蒼翠起、新篁挾雨枝葉美、下有數峯嵌岩寒、先生俯仰一笑喜、乘興把書坐秋風、超然吐論飛長虹、客星忽去壁上月、陶陶醉卧玻璃中、

李氏娱書齋

李侯平生無他好、眼中黄卷常自娱、明窓危坐對聖賢、鼓吹不可一日無、欣然會意便忘食、心醉何止勤三餘、幾年携家避盜寇、尚得戲綵乘潘輿、攝官江外有何好、濶步日邊真良圖、試求假直亦不惡、他年不减行秘書、

故人來自舂陵出示初寮翰墨感時懷舊輙為

長句

先生視草白玉堂、文章一出自名世、分光蓮燭真為榮、拭吐龍巾何足擬、艮岑夜召趨神霄、憐我婆娑百僚底、紫禁歡傳拜左轄、漫刺走賀城南第、羸僮瘦馬堂階下、歎我麄官殊少味、驚聞一麾出燕山、旆旌遽下雲漢間、屠思官曹方顧寵、笑我翻然歸挂冠、因直（金兵）南來郡國破、二聖北狩天步艱、黎元嗚沸死鄉土、士夫雲擾奔荆蠻

一人嘗膽固不易、諸將東胥今何難、朝來喜見舂陵客
問訊先生多翰墨、懷古傷時初不忘、回首長安淚橫臆、
君不見虎踞龍盤氣象雄、王者都此成大功、遥知廟堂
有高論、似聞天蹕移江東、幾年中興要賢俊、頗懷仲父
安東晋、

醉鄉詩

飲中境界妙四海、楚屈未知風俗淳、陶然席地已忘載
夜縛甕下初不嗔、逃禅罵坐本真率、時中聖之耻萬物、

縱兵端欲捲愁城、樂賢未始忘歡伯、佳處風光殊可人
好德懸知必有鄰、黃花解勸張季鷹、俗婦那識劉伯倫
世間萬物敗人意、不如常作箇中計、

山居見梅

孤吟梅花望神京、澆愁恨無雙玉餅、上林頎影一坐傾、
高樓忽作昭華聲、避兵南州老雲壑、風味依然殊不惡、
歲暮渾無驛使來、一笑天涯共流落、行尋嶺頭路幾許、
欲買幽園歎貧窶、清客那知日邊事、獨坐茅茨對煙雨、

夜聞警

幾年官軍破郡邑、遠客孤村誰脫急、臥聽鄰鷄三鼓鳴
流言敵騎一宵及、抱衾携幼強趨走、複嶺重山且深入
爲聞北人畏和暖、安得如今便驚蟄、長秋南奔苦嵐瘴、
翠華連幸犯卑濕、顧我飄零豈足念、注目寒江忘久立

藏海居士集卷上

接連寫

欽定四庫全書

藏海居士集卷下　宋　吳可　撰

下空二格

五言律詩

即事

勁敵謀應大春來勢轉雄烽煙驚北闕鼙鼓戰東風雪舞愁雲外花飛淚眼中翠華行樂處戈甲照寒空

寄李道夫

亂後時通問飄流尚此身干戈傷白髮桃李自青春故

國田疇遠、殊方盜賊頻、知君懷老伴、詩酒慰情親

遊清凉寺

延步石城塢、迤迤去興長、野田耕晚雪、寒樹倚斜陽、載酒追狂客、論才得漫郎、無因遂高蹈、時復借山房

養竹

渭川分一種、親植隱嵓東、有實終來鳳、無心自化龍、疎陰留夜月、清韻起秋風、待養籠竿就、滄溟作釣翁

登臨川城

時危傷去國、歲晚強登城、過鴈書難問、窮途淚欲傾、江湖歸客夢、梅桃故園情、倚杖空凝竚、行藏竟不成

懷—歸

久客江湖遠、頻年道路難、干戈侵海內、猿鶴老山間、地僻林泉古、雲深日月閒、餘生猶轉移〔徙〕、清夢遶柴關

五言排律

次韻曽中父登臨川郡樓書事

戈甲何為盛、田園已就荒、僅能移北阜、未暇隱東墻、寂

寔交親遠，漂零道路長。歸心隨斷鴈，離思感垂楊。避冠湘江外，依劉汝水傍。閣閣嗟逼仄，登眺喜寬凉。遠岫誰能展，寒溪竟欲航。冰盤悲玉井，風輦變筠牀。地盡妖氛氣，春餘草木光。寶薰煙霧細，仙茗笑談香。接武青雲路，虎皮空自悦，猿臂定誰攘。取友真多益，求田若未藏。論文綠野堂，撐腸披錦繡，漱石飽膏肓。隱逸追元亮，風騷近子昂。栖鵶啼古堞，幽檻倚斜陽。離亂知誰健，行藏只自傷。舊巢看燕燕，今雨任浪浪。道勝依鶯子，才高歎夜郎。五峯興不淺，星漢擬文章。

七言律詩

友人惠笋豉

野稅那知笋豉香，伊蒲淡泊喜初嘗。自憐老去能忘肉謂肉豉[illegible]，誰謂朝來已徹葷謂豆豉。[illegible]膾玉有名汙淨供，蕭然無味詆枯腸。此君苗裔風流在，三韭何須學庾郎。

謝友人約居横林

遠煩招隱費長吟，緩急方知故舊心。懷土若爲家直賣，避喧真欲客横林。人材何敢追連璧，氣類聊卿能擬斷金。

卜築要須孤絕處、落花流水恐相尋、

春雪後寄范長民

回首長安淚滿衣、東風如舊鬢成絲、扶持衰病元無術、感嘆飄零漫有詩、那信夢魂隨北鴈、忍看霜雪滿南枝、幽居只合從公等、自笑年來見事遲、

呈秦楚材

倒指煙塵歲月深、引杯看劍漫悲吟、平生自嘆雕蟲手、末路空慙舐犢心、騰喜星郎上雲漢、苦憐鶴髮避山林、

君家伯仲真廊廟，痛爲中興惜寸陰。

和人聞笛

鄰笛聲哀不自安，轉移宫調幾多般。夢回飛蝶三千里，月照高樓十二欄。别鶴唳長秋露重，老龍吟苦夜潭寒。清愁一晌知何限，待啓菱花向曉看。

蔟翠亭

此老作亭蒼翠間，定知胷次有東山。朝陽破霧烘林影，醉袖扶花繞鬢鬟。露警丹哥傳妙響，雲眠碧友自清閒。

連寫

欲專一壑從來事回首塵埃亦厚顏、

廬山香林訪趙德麟

艤舟星渚得幽尋、問訊先生隱翠岑、欲禮光明依淨社
便隨氣類老香林貂金且換陶潛醉囊錦聊追白傅吟
坡客飄零有公在與誰揮淚說知音、

探梅

栁未抽金草未芽、尋幽逸興屬詩家不辭山下五六里、
為愛枝頭三四花、噴月清香猶吝惜、印溪蹤影恣橫斜、

固應羞澁怯寒峭，結子成陰已有涯。

送李秀才為道士

聖澤朝來淨世緣，不教傯骨墮儒門。金龜換酒當年客，白鹿昇天後世孫。泉石怡君友猿鶴，利名憐我醉朝昏。麻衣笑着棹頭去，何處抱琴追綺園。

豫章道中

僕已疲勞馬已頹，忍能日日犯風埃。前山斷處後山出，舊雨晴時新雨來。梅子有情沿路熟，麥花無數及時開。

一春客裏消磨盡、舉眼豫章安在哉

九日

佳節初回若未凉、疎林高下半青黄、佩茱頗喜人猶健、採菊還憐蝶尚狂、不惜登山聊舉句、欲因戲馬漫攀蒼、笑歌醉帽歸來晚、稍覺幽庭月似霜

次韻黄簿九日

客裏登高意若何、笑扶藜杖興還多、葉金委地誰能布、山劍横天不受磨、隨遇可無揮翰手、感時空有斷腸歌、

尚憐把酒煙塵外、自鏡衰容半欲酡、

寄米元暉

田廬寂寂近塘坳、仕路紛紛久絶交、多病未能從五柳、避喧端欲老三茆、白雲那忍閒歸岫、紫燕空慙漫累巢、聞再落閒道金壇有仙隱、夢回清月墮林稍、致仕

五言絶句

野步

密竹藏啼鳥、荒村起白煙、人行秋色裏、家在夕陽邊、

夜丨坐

索索風提幕、亭亭月過墻、晴雷推粉磨、夜雨壓糟床、

七言絶句

春丨霽

南國春光一半歸、杏花零落雨霏微、新晴院宇寒猶在
曉絮欺風不肯飛、

春丨晚

門外緑楊啼乳鴉、弄黄梅子壓枝斜、殘書讀罷無功課、

遶徑來尋未落花、

蜂兒擷蘂趁花心、燕子啣泥掠柳陰、處處浸秧黃乍吐、護田肥水半篙深、

踏青

幽居懶慢養餘生、殘為春風處處行、藉草弄花終少味、尋山愛竹尚多情

過巢邑

竹杖芒鞋踢短蓬、沒篙春水飽帆風、兩關三寺山無數、

畫在濛濛煙雨中、

村｜居

鑿井耕田僅萬家、農夫農婦畢絲麻、夜來得雨陂塘足、

村北村南罷踏車、

荒｜陂

荒陂終日水車鳴、村北村南共一聲、掠面輕風吹小雨、

鄙夫詩向此時成、

松

秋色何妨陪露菊、歲寒真欲友霜筠。只應澗底桃花笑，苦愛微官不避秦。

晚步

野樹疎疎透夕陽、歸鴉零亂不成行、春風可是閒來往，時送江梅一陣香。

書却暑圖後

冰柱雪車誰復作、襟頭凌面未能摹、北窓揮汗渾無奈，漫借君家却暑圖、

偶贈陳居士

楚酒困人三日醉、園花着雨百般紅、凴誰畫出陳居士亭角尋詩袖滿風、

村巷詩

村巷深深桑柘烟、園林寂靜落花天、柴門有客忙相揖、握手低聲蘸大眠

田家女

兩兩垂髫窈窕娘含羞無語蒔青秧、鬅思貴室千金女、

笑倚紅樓抹曉粧

初涼

初涼宜夜透衣羅、時見流星度絳河、漸覺露溥金掌重、
梧桐影外月明多

小醉

小醉初醒過竹村、數家殘雪擁籬根、風前有恨梅千點、
溪上無人月一痕

藏海居士集卷下

金陵全書

丁編・文獻類

藏海詩話

（宋）吴可　撰

南京出版社
南京出版傳媒集團

提要

《藏海詩話》一卷，宋吴可撰。

吴可，字思道，金陵（今南京市）人。生卒年不詳，或爲南北宋間人（上至元祐，下至乾道、淳熙）。少從榮天和學詩，與王松、王莊、陳角梳爲詩社事。後寓汴京，官至團練使。宣和末，亟挂冠去，責授武節大夫，致仕。建炎初，避寇南渡，奔荆楚，流寓豫章、新安等地。以詩爲蘇軾、劉安世所賞，詩思超拔，乃高逸之士。以文章節義名於時，與李之儀、韓駒、趙令畤、周紫芝、米友仁等皆有詩作往來。生平及交友事跡、詩作影響見於張用鼎《金陵新志》、朱緒曾《開卷有益齋讀書志》，及吴繼曾、李之鼎集跋文。著有《藏海居士集》二卷、《藏海詩話》一卷。

《藏海詩話》，原載於《永樂大典》中，不著撰者，自明以來，諸家亦未著録，後爲四庫館臣輯録成卷。藏海爲吴可居所之名，詩話爲論詩之體，該書四庫納爲『詩評類』。共一卷，筒三十三頁，行文順次上，無規律可言，或隨事記之。主要論詩分爲用字、造語、語法、用韻，及詩法詩意等方面。一是用字奇，『老杜詩云「行步欹危實怕春」。謂「春」字上不應用「怕」字，今却用之，故爲奇耳』；『「寒樹邀棲鳥，晴天卷片雲」，「邀」「卷」二字奇妙』。二是造語，如『唐末人詩，雖格不高而有衰陋之氣，然造語成就。今人詩多造語不成』。三是語法，『「默運乾坤」四字重濁不成詩，語雖有出處，亦不當用，須點化成詩家材料方可入用』；『石曼卿詩云「水活冰無日，枝柔樹有春」，語活而巧』。四是用韻，如『和平常韻要奇特押之，則不與衆人同。如險韻，當要穩順押之方妙』。五是關於詩法、詩意、學詩方面，吳可亦有深見。『「白鷗沒浩蕩，萬里誰能馴？」「沒」若作「波」字，則失一篇之意』；『凡看詩，須是一篇立意，乃有歸宿處』；『七言律詩極難做，蓋易得俗，是以山谷別爲一體』；『學詩當以杜爲體，以蘇、黄爲用』；『凡作詩如參禪，須有悟門』。文中數條記載其與韓子蒼論詩的言論，兩人觀點多相似，如『有大才，作小詩輒不工，退之是也。子蒼然之。劉禹錫、柳子厚小詩極妙，子美不甚留意絶句。子蒼亦然之。子蒼云：「絶句如小家事，句中著大家事不得。」』《四庫提要》評此書『所論有形之病，無形之病，尤抉摘入微。

其他評論考證，亦多可取。』

文中除却單行大字之外，有雙行小字，是爲『案』語及『評』語，從其文義來看，應該不是吴可《詩話》中的原文。如『案：末句有誤』『案：洪詩不知指何人，豈山谷諸甥耶』『案：孫不知何人』『案：「用工」以下有脱文』。再如『葉集之詩云「層城高樓飛鳥邊，落日置酒清江前」，明不虧詩云「故鄉深落落霞邊，雁斷魚沉二十年」。「落霞邊」不如「飛鳥邊」三字不凡也』條下，『評：明詩首句已藏末句在内，此所以佳也。奈何以「飛鳥」「落霞」較量工拙耶？即葉詩亦未見不凡也。』此類文字斷不會乃吴可本人增添。或爲四庫館臣鈔録時所出，或爲叢書本整理刊刻時增添。

丁丙《善本書室藏書志》：『《藏海詩話》一卷，舊鈔本。此四庫館輯《永樂大典》之底本也，有翰林院印。』是爲今四庫本。此外，還有《知不足齋叢書》本、民國鉛印本、《歷代詩話續編》本。《知不足齋叢書》本與四庫本的差異，除了一爲刻本，一爲鈔本之外，文章内容略有不同。其一，兩者皆有『案』語，叢書本别有『評』語，四庫本無，如原文『凡詩切對求工，必氣弱，寧對不工，不可使氣弱』下，叢書本有『評氣自弱耳，何關切對求工耶』；其二，叢書本刊刻時，或以另一版本（即函海本，莫友芝《郘亭知見傳本書目》載《詩話》有此版本）加以校對，並出注，四庫本則無。如原文『凡作文，其間敘俗事多，則難下語』下，叢書本有『此條館本不載，見李氏函海本』；其三，叢書本部分案語，四庫本無。如原文『用工夫體學杜之妙處恐難到用功而效少』下，叢書本有『案用工以下有脫文』八字；其四，四庫本部分案語，叢書本無。如原文『羈棲愁裏見』下，四庫本有『案羈棲原本誤作飢淒，今改正』；其五，個別字不同，如同一案語，叢書本作『此語出蘇軾《志林》，蓋論宋敏求之輕改杜詩。此引之而沒其名氏』，『語』，四庫本作『論』，『名』，四庫本作『姓』。另，四庫本後附有『攷證』八則，但叢書本無收録，不过叢書本在條目排列上，吸收了攷證部分内容。

《金陵全書》收録的《藏海詩話》以南京圖書館藏《知不足齋叢書》本第二十二集清乾隆長塘鮑氏刻本爲底本原大影印出版。

王寧玲

藏海詩話

欽定四庫全書提要

藏海詩話一卷

案藏海詩話載於永樂大典中不著撰人名氏自明以來諸家亦不著錄考永樂大典載宋吳可有藏海居士集已裒輯成編别著於錄與此書名目相合又集中有爲王詵題春江圖詩又多與韓駒論詩之語所載宣和政和年月及建炎初避兵南竄流轉楚粤與此書卷末稱自元祐至今六十餘年者時代亦復相合則是書其可所作歟其論詩

每故作不了了語似乎禪家機鋒頗不免於習氣他如引徐俯之說以杜甫天棘蔓青絲句爲見柳而憶馬頗病支離譌渝陰爲陰渝併譌廣雅爲爾雅亦小有舛誤然及見元祐舊人學問有所授受所云詩以用意爲主而附之以華麗寧對不工不可使氣弱足以救西崑穠豔之失又云凡看詩須是一篇立意乃有歸宿處又云學詩當以杜爲體以蘇黄爲用杜之妙處藏於內蘇黄之妙處發於外又云絕句如小家事句中著大家事不得若山

谷蝌詩用虎爭及支解字此家事大不當入詩中
又云七言律詩極難做蓋易得俗所以山谷別爲
一體皆深有所見所論有形之病無形之病尤抉
摘入微其他評論考證亦多可取而胡仔苕溪漁
隱叢話魏慶之詩人玉屑網羅繁富俱未及採錄
則在宋代已不甚顯固宜表而出之俾談藝者有
考焉

藏海詩話

宋 吳可 撰

明不虧案明不虧姓名諸書不載未詳何人題畫山水扇詩云淋漓戲墨墮毫端雨溼溪山作小寒家在嚴陵灘上住風煙不是夢中看後二句騷雅

葉集之詩云層城高樓飛鳥邊落日置酒清江前明不虧詩云故鄉深落落霞邊鴈斷魚沉二十年寫盡彩牋無寄處洞庭湖水闊於天落霞邊不如飛鳥邊三字不凡也評明詩首句已藏末句在內此所以佳也柰何以飛鳥落霞較量工拙耶即葉詩亦未見不凡也

老杜詩云行步欹危實怕春怕春之語乃是無合中有合謂春字上不應用怕字今却用之故爲奇耳

杜詩敍年譜得以考其辭力少而鋭壯而肆老而嚴非妙於文章不足以致此如說華麗平淡此是造語也方少則華麗年加長漸入平淡也

五言詩不如四言詩四言詩古如七言又其次者不古耳（評詩自四言遞降至七言此風會使然耳後世作詩只論其工不工耳何必問其古不古也）

便可披襟度鬱蒸度字又曰掃不如掃字奇健蓋便可二字少意思披襟與鬱蒸是衆人語掃字是自家語自

家語最要下得穩當韓退之所謂六字尋常一字奇是也

蘇州常熟縣破頭山有唐常建詩刻乃是一徑遇幽處蓋唐人作拗句上句既拗下句亦拗所以對禪房花木深遇與花皆拗故也其詩近刻時人常見之（案歐陽修詩話亦作遇幽處）

凡作文其間敘俗事多則難下語（此條館本不載見李氏函海本）

唐末人詩雖格不高而有衰陋之氣然造語成就今人詩多造語不成

畫山水者有無形病有有形病有形病者易醫無形病則不能醫詩家亦然凡可以指瑕鐫改者有形病也混然不可指摘不受鐫改者無形病不可醫也

余題黃節夫所臨唐元度十體書卷末云游戲墨池傳十體縱横筆陣掃千軍誰知氣壓唐元度一段風流自不羣當改游爲漫改傳爲追以縱横爲眞成便覺兩句有氣骨而又意脉聯貫

凡看詩須是一篇立意乃有歸宿處如童敏德木筆花詩主意在筆之類是也

前人詩如竹影金瑣碎竹日靜暉暉又野林細錯黃金日溪岸寬圍碧玉天此荆公詩也錯謂交錯之錯又山月入松金破碎亦荆公詩此句造作所以不入七言體格如柳子厚清風一披拂林影久參差能形容出體態而又省力

白樂天詩云紫藤花下怯黄昏荆公作苑中絶句其卒章云海棠花下怯黄昏乃是用樂天語而易紫藤爲海棠便覺風韻超然人行秋色裏家在夕陽邊有唐人體韓子蒼云未若村落田園靜人家竹樹幽不用工夫自

然有佳處蓋此一聯頗近孟浩然體製

世傳酒債尋常行處有人生七十古來稀以爲尋常是數所以對七十老杜詩亦不拘此說如四十明朝是飛騰暮景斜又云羈棲愁裏見二十四回明乃是以連綿字對連綿數目也以此可見工部立意對偶處

余題王晉卿畫春江圖累十數句事窮意盡輒續以一對云寒煙炯白鷺暖風搖青蘋便覺意有餘

木蘭詩云磨刀霍霍向豬羊向字能回護屠殺之意而又輕清

北邙不種田唯種松與柏松柏未生處留待市朝客又貧女詩照水欲梳妝摇摇波不定不敢怨春風自無臺上鏡二詩格高而又含不盡之意見於言外

老杜句語穩順而奇特至唐末人雖穩順而奇特處甚少盡有衰陋之氣今人才平穩則多壓塌矣

和平常韻要奇特押之則不與衆人同如險韻當要穩順押之方妙

秦少游詩十年逋欠僧房睡準擬如今處處還又晏叔原詞唱得紅梅字字香如處處還字字香下得巧

工部詩得造化之妙如李太白鸚鵡洲詩云字字欲飛鳴杜牧之云高摘屈宋豔濃薰班馬香如東坡云我攜此石歸袖中有東海平生五千卷一字不救饑曾直茶詩煎成車聲繞羊腸其因事用字造化中得其變者也

學詩當以杜爲體以蘇黄爲用拂拭之則自然波峻讀之鏗鏘蓋杜之妙處藏於內蘇黄之妙發於外用工夫體學杜之妙處恐難到用功而效少（案用工以下有脫文）

凡裝點者好在外初讀之似好再三讀之則無味要當以意爲主輔之以華麗則中邊皆甜也裝點者外腴而

中枯故也或曰秀而不實晚唐詩失之太巧只務外華而氣弱格卑流爲詞體耳又子由敘陶詩外枯中膏質而實綺癯而實腴乃是敘意在內者也

凡詩切對求工必氣弱寧對不工不可使氣弱（評氣自弱耳何關切對求工耶）

凡文章先華麗而後平淡如四時之序方春則華麗夏則茂實秋冬則收斂若外枯中膏者是也蓋華麗茂實已在其中矣

孟郊詩云天色寒青蒼朔風吼枯桑厚冰無斷文短日

有冷光此語古而老

老杜詩本賣文爲活翻令室倒懸荆扉深蔓草土銼冷疎煙此言貧不露筋骨如杜荀鶴時挑野菜和根煮旋斫青柴帶葉燒蓋不忌當頭直言窮愁之迹所以鄙陋也切忌當頭要影落出（案末句有誤）

秋來鼠輩欺貓死窺甕翻盆攪夜眠聞道狸奴將數子買魚穿柳聘銜蟬聘字下得好銜蟬穿柳四字尤好又狸奴二字出釋書

春陰妨柳絮月黑見梨花登臨獨無語風柳自摇春鄭

谷詩此二聯無人拈出評月黑見梨花此語少含蓄不如義山自明無月夜之爲佳也椎牀破面棖觸人作無義語怒四鄰尊中歡伯見爾笑我本和氣如三春前兩句本麁惡語能煅鍊成詩眞造化手所謂點鐵成金矣

吹折江湖萬里心折字雙使

魯直飲酒九首公擇醉面桃花紅焚香默坐日生東一絕其體效飲中八仙歌

東坡詩已有小舟來賣餅曾公卷已有小舟來賣魚學者嘗試商略看優劣如何

  知不足齋叢書

量大嫌酣酒才高笑小詩卑枝低結子接葉暗巢鶯雙聲字對

綠瓊洲渚青瑤嶂付與詩翁敢琢磨善用材料

風來震澤帆初飽雨入松江水漸肥又盧襄詩眼饞正得看山飽梅瘦聊須著雨肥善用飽肥二字評上聯不啻爲佳詩下二語直村學中捉對耳蓋先下饞瘦字便似有意求奇不似上聯自然合拍也

陳子高詩云江頭柳樹一百尺二月三月花滿天裊雨拖風莫無賴爲我繫著使君船乃轉俗爲雅似竹枝詞

大書文字隄防老剩買谿山準備閒隄防準備四字太

淺近

荆公詩云黄昏風雨打園林殘菊飄零滿地金攧得一枝還好在可憐公子惜花心東坡云秋花不似春花落寄語詩人仔細看荆公云東坡不曾讀離騷離騷有云朝飲木蘭之墜露夕餐秋菊之落英案此事西淸詩話作歐陽脩語高齋詩話則與此所記同胡仔漁隱叢話辨其皆出依託

隱嵓古松云勁節端爲百木長治朝無復五株封又和上元云化國風光原有象春臺人物不知寒立意下語好

細數落花因坐久緩尋芳草得歸遲細數落花緩尋芳草其語輕清因坐久得歸遲則其語典重以輕清配典重所以不墮唐末人句法中蓋唐末人詩輕佻耳

看詩且以數家爲率以杜爲正經餘爲兼經也如小杜韋蘇州王維太白退之子厚坡谷四學士之類也如貫穿出入諸家之詩與諸體俱化便自成一家而諸體俱備若只守一家則無變態雖千百首皆只一體也

石曼卿詩云水活冰無日枝柔樹有春語活而巧

梅聖俞詩云遠鐘撞白雲無合有合

寒樹邀棲鳥晴天卷片雲邀卷二字奇妙案杜詩作落日邀雙鳥晴天卷片雲吳若本卷一作養

李光遠觀潮詩云默運乾坤不暫停東西雲海焠陽精連山高浪俄兼涌赴壑奔流為逆行默運乾坤四字重濁不成詩語雖有出處亦不當用須點化成詩家材料方可入用如詩家論翰墨氣骨頭重乃此類也如杜牧之作李長吉詩序云絕去筆墨畦畛斯得之矣又如焠字亦非詩中字第二聯對句太麁生少鍛鍊

白鷗沒浩蕩萬里誰能馴沒若作波字則失一篇之意

如鷗之出沒萬里浩蕩而去其氣可知又沒字當是一篇暗關鎖也蓋此詩只論浮沈耳今人詩不及古人處惟是做不成（案此語出蘇軾志林蓋論宋敏求之輕改杜詩此引之而沒其名氏）

野性終期老一村全勝白髮傍朱門使傍朱門則不類若改白髮爲微祿則稍近之矣（評若改白髮則上句老字亦當改矣）恥爲家貧賣寶刀又云不爲家貧賣寶刀恥字不如不字

矯首朱門雪滿衣南來生理漫心期青衫愧我初無術白髮逢人只自悲悲苦太過露風骨

北嶺山礬取次開清風正用此時來平生習氣難料理愛著幽香未擬回山谷詩學者云自公退食入僧定心與篆香俱寒灰小兒了不解人意正用此時持事來韓子蒼云全用此一句有甚意思不欲其此時持事來用得此語甚妙故人相見眼偏明子蒼云當有律度豈容如此道

歐公云古詩時爲一對則體格峭健

七言律詩極難做蓋易得俗是以山谷别爲一體

七言律一篇中必有剩語一句中必有剩字如草草杯

枓供笑語昏昏燈火話平生如此句無剩字

東坡玉盤盂一聯極似樂天又次韻李端叔謝送牛戩畫笑指塵壁閒此是老牛戩牛戩做不著此一句蓋語意不足也

蔡天啟坐有客云東湖詩叫呼而壯蔡云詩貴不叫呼而壯此語大妙擘開蒼玉巖椎破銅山鑄銅虎何故爲此語是欲爲壯語耶弄風驕馬跑空去趁兔蒼鷹掠地飛山谷社中人皆以爲笑坡暮年極作語直如此作也

案此處語意未明當有脱誤

杜牧之河湟詩云元載相公曾借箸憲宗皇帝亦留神一聯甚陋唐人多如此或作云唯老杜詩不類如此格僕云遷轉五州防禦使起居八座太夫人不免如小杜子蒼云此語不佳杜律詩中雖有一聯驚人人不能到亦有可到者僕云如蜀相詩第二聯人亦能到子蒼云第三聯最佳四更山吐月殘夜水明樓此一聯後餘者便到了又舉三峽星河影動搖一聯僕云下句勝上句子蒼云如此者極多小杜河湟一篇第二聯旋見衣冠就東市忽遺弓劍不西巡極佳爲借箸一聯累耳

高荷子勉五言律詩可傳後世勝如後來諸公柳詩風驚夜來雨驚字甚奇琴聰云向詩中嘗用驚字坡與古人數驚字僕云東風和冷驚羅幙子蒼云此驚字不甚好如柳詩月明摇淺瀨等語人豈易到

歐公稱身輕一鳥過子蒼云此非杜佳句僕云當時補一字者又不知是何等人子蒼云極是

汪濳聖舊詩格不甚高因從琴聰詩乃不凡如春水碧泱泱羣魚戲渺茫誰知管城下自有一濠梁乃是見聰後詩也

東坡詩不無精粗當汰之葉集之云不可於其不齊不整中時見妙處爲佳

參寥細雨云細憐池上見淸愛竹間聞荆公改憐作宜又詩云暮雨邊秦少游曰公直做到此也雨中雨傍皆不好只雨邊最妙（評雨傍不成語雨中有何不可此是秦與之作劇耳何堪舉作話頭耶）

又云流水聲中弄扇行俞淸老極愛之此老詩風流醞藉諸詩僧皆不及子蒼云若看參寥詩則洪詩不堪看也（案洪謂不知指何人豈山谷諸甥耶）

孫詩云鴈北還下還字最不好北歸北向皆妙獨還字

不佳案孫不知何人

有大才作小詩輒不工退之是也子蒼然之劉禹錫柳子厚小詩極妙子美不甚留意絕句子蒼亦然之子蒼云絕句如小家事句中著大家事不得若山谷蟋蟀詩用與虎爭及支解字此家事大不當入詩中如虎爭詩語亦怒張乏風流醞藉之氣南窗讀書聲吾伊詩亦不佳皆不如羊詩醞藉也

曾吉父詩云金馬門深曾草制水精宮冷近題詩深冷二字不閒道若言金馬門中水精宮裏則閒了中裏二

字也此詩全篇無病大勝與疎山詩

筍根稚子無人見不當用稚子字蓋古樂府詩題有雉子班雉子鳧雛自是佳對杜詩有鳳子亦對鳧雛案鳳子字出韓渥詩此可以稽證也金陵新刊杜詩註云稚子筍也此大謬古今未有此說韓子蒼云冷齋所說皆非初未嘗有此說或有脫文觀冷齋云云可見

傾銀注瓦驚人眼韓子蒼云瓦當作玉蓋前句中已有老瓦盆此豈復更用瓦字瓦與銀玉固有異其爲醉則一也軒墀曾寵鶴當用軒車非軒墀河內九宮借寇恂

非河內

功曹非復漢蕭何不特見漢書註兼三國志云爲功曹當如蕭何也此說甚分明劉貢父云蕭何未嘗作功曹劉極賅博何爲不能記此出處也

何頡嘗見陳無己李廌嘗見東坡二人文字所以過人若崔德符陳叔易恐無師法也

師川云作詩要當無首無尾山谷亦云子蒼不然此說

東湖云春燈無復上暮雨不能晴昌黎云廉纖晚雨不能晴子蒼云暮不如晚昌黎云青蛙聖得知汪彦章云

燈花聖得知子蒼云蛙不聖所以言聖便覺有味燈花本靈能預知事輒言聖得知殊少意味

璇題倪巨濟作謝御書表用之子蒼云乃椽頭非題榜也

彈壓山川見淮南子彈出山川壓而止之僕看後漢黨錮傳榮華丘壑正可爲對

新燒炔火案炔字字書不載謂之熅火見蘇武傳燒湯謂之燂湯見内則竈中燒火謂之煬竈見戰國策曉天赤如霞者謂之陰淪見爾雅案爾雅無此文王逸楚詞註引陵陽子明經曰淪陰者日沒巳後赤

黃氣也又廣雅引之作渝陰此蓋誤廣雅爲爾雅又舛亂其文耳汗曰鹽汗浮漚曰覆甌見淮南子

子由曰東坡黃州以後文章余遂不能追逐

蔡天啟云米元章詩有惡無凡孫仲益韓子蒼皆云子蒼又云師川詩無惡而無凡不知初學何等詩致如此無塵埃也

葉集之云韓退之陸渾山火詩浣花決不能作東坡蓋公堂記退之做不到碩儒巨公各有造極處不可比量高下元微之論杜詩以爲李謫仙尚未歷其藩翰豈當

如此說異乎微之之論也此爲知言

東坡豪山谷奇二者有餘而於淵明則爲不足所以皆慕之

山谷詩云淵明千載人東坡百世士出處固不同風味要相似有以杜工部問東坡似何人坡云似司馬遷蓋詩中未有如杜者而史中未有如馬者又問荔枝似何物似江瑶柱亦其理也

某人詩云男兒老大遂功名杜詩功名遂乃佳遂功名則不成語矣

范元長云前輩言學詩當先看謝靈運詩

東坡謝李公擇惠詩帖云公擇遂做到人不愛處評放翁詩到無人愛處工葢本東坡也

陳子高云工部杜鵑詩乃摹寫庾信杜鵑詩案今庾集無杜鵑詩窮途俗眼還遭白便不如窮途返遭俗眼白案此二句文不相屬疑有脫誤

徐師川云工部有江蓮搖白羽天棘夢青絲之句於江蓮而言搖白羽乃見蓮而思扇也葢古有以白羽爲扇者是詩之作以時考之乃夏日故也於天棘言夢青絲

乃見柳而思馬也蓋古有以青絲駱馬者庾信柳枝詞（案庾集作楊柳歌）云空餘白雪（案庾集作獨憶飛絮）鵝毛下無復青絲馬尾垂又子美驄馬行云青絲絡頭爲君老此詩後復用支遁事則見柳思馬形於夢寐審矣東坡欲易夢爲弄恐未然也

蘇叔黨云東坡嘗語後輩作古詩當以老杜北征爲法

老杜詩云一夜水高二尺强數日不可更禁當南市津頭有船賣無錢卽買繫籬傍與竹枝詞相似蓋卽俗爲雅

張嘉父云：長韻詩要韻成雙不成隻，鋪敘詩要說事相稱，却拂體前一句敘事，後一句說景，如「惆悵無因見范蠡，參差煙樹五湖東」，又如「我今身世兩相違，西流白日東流水」。

次韻伯氏寄贈蓋郎中喜學老杜之作末句云：獨抱遺編校舛差（音叉）。蓋郎中惠詩云云，次韻解之，末句云：眞成句踐勝夫差（音茶）。兩差字不同音，何故作同音押韻，必有來歷，姑記之，以俟知者。詩見建本重編南昌文集卷第四十一，押韻夫差不音茶，當以押韻爲證。（案押韻二句似後人所注）

吳申李詩云潮頭高捲岸雨脚半吞山然頭不能捲脚不能吞當改捲作出字吞作歛字便覺意脈聯屬

凡作詩如參禪須有悟門少從榮天和學嘗不解其詩云多謝喧喧雀時來破寂寥一日於竹亭中坐忽有羣雀飛鳴而下頓悟前語自爾看詩無不通者

幼年聞北方有詩社一切人皆預焉屠兒爲蜘蛛詩流傳海內忘其全篇但記其一句云不知身在網羅中亦足爲佳句也

元祐閒榮天和先生客金陵僦居清化市爲學館質庫

王四十郎酒肆王念四郎貨角梳陳二叔皆在席下餘人不復能記諸公多爲平仄之學似乎北方詩社王念四郎名莊字子溫嘗有送客一絶云楊花撩亂繞煙村感觸離人更斷魂江上歸來無好思滿庭風雨易黄昏王四十郎名松字不凋僕寓京師從事禁中不凋寄示長篇僅能記一聯云舊菊籬邊又開了故人天際未歸來陳二叔忘其名金陵人號爲陳角梳有石榴詩云金刀劈破紫穰瓢撒下丹砂數百粒諸公篇章富有皆曾編集僕以攜家南奔避寇往返萬餘里所藏書畫厄於

兵火今屆指當時社集六十餘載諸公佳句可惜不傳今僅能記其一二以遺寧川好事者欲爲詩社可以效此不亦善乎

藏海詩話完

藏海詩話

金陵全書

丁編·文獻類

東南防守利便

（宋）陳克
（宋）吴若 撰

南京出版社
南京出版傳媒集團

提要

《東南防守利便》三卷，宋陳克、吳若撰。

本書作者署右迪功郎江南東路安撫使司准備差遣陳克，左宣教郎添差通判建康軍府提舉圩田吳若。陳克（一〇八一—？），字子高，號赤城居士。祖籍臨海（今浙江台州），寓居金陵，工詩詞。《直齋書録解題》卷二十著録陳克《天台集》，考證其生平。卷二十一著録陳克《赤城詞》，云其詞格頗高麗，晏、周之流亞。《景定建康志》卷四十九《耆舊傳》有其傳，直云金陵人。吳若，生平不詳。《三朝北盟會編》卷四十至四十二載靖康元年（一一二六）吳若上書事，末云其字秀海，相州人，以上舍釋褐。娶張邦昌侄女，常勸邦昌諫上，除太學正。上書言權臣吳敏、李邦彦事，上斥之，即日出城等。未知是否一人。

本書論述南宋初軍事地理形勢。紹興三年（一一三三），直龍圖閣吕祉出知建康府（今南京）。其在任期間，與陳克、吳若共議其時形勢，編成本書，上奏朝廷，其事載於《宋史》吕祉本傳。

本書卷首爲《進東南防守利便檄狀》，文中吕祉言其此前即多次建言，以建康爲根本，淮甸爲藩籬，荆楚上游，宜於沿江措置，使與吴會接等。到任建康後，取漢魏以來方策所載山川險阻，道里遠近，軍馬屯戍之地，爭戰勝敗之事，裒集類次，以陳克、吴若董其事，作《東南利害總論》。以襄陽、江陵、武昌、九江皆建康上游，上下之勢要在相接，作《江流上下論》。北則合肥、壽春、盱眙、廣陵皆其表，表裏之勢又當如一，作《江淮表裏論》。今圖恢復必據要會以爲根本，建康實中興根本之地，作《建康根本論》。又云南國之患者有三：一曰金賊，二曰僞齊，三曰楊么。其後舉三國之事、周唐之事及劉宋之事作爲驗證，要求早作備戰計劃，使上下有備，表裏如一，庶幾可與抗衡，進可以禦敵，退可以堅守等。

其下分三卷，含《檄狀》所言四篇文論，卷上《東南利害總論》《建康根本論》。《東南利害總論》云建炎後車駕南渡，四處遷徙，都城未定。今之計必先定都，以固根本。建康之形勢，其地险於維揚，其勢便於會稽、臨安，建都於此，以爲興王之基扃，而後按地形之表裏，極江流之上下，以謀進取。

《建康根本論》先云金陵地形，有王者都邑之氣，歷代建都於此。建康在東南，控帶荆楊，引輪江湖，咫尺淮甸，應接梁宋，其山川之雄盛，原隰之平衍，食貨之富饒，眞足以容萬乘而供六師，所謂因地之利者。時巡南國，宜順人心，作京宅土，以塞吳中父老望幸之意。建都於此，爲天之所助，地之所宜，人之所向。其後搜輯歷代典籍資料，分門别類記述建康歷史。《歷代議遷都》，記載自東吳至南唐，歷代遷都離開南京的危害。《修城隍》，記載南京城墻如都城、倉城、臺城等歷代興修設置情况。《溝池》，記載城内外秦淮、清溪諸水情况。《戍守》，記載白下、蔣山、龍尾等城内外數十處地勢險要，可爲戰守之地的資料。《畫封圻》，記載其時建康府行政區劃設置情况。《歷代宫室》《歷代二郊宗廟社稷》，記載東吳後歷代宫城建設、宗廟祭祀等情况。卷中《江淮表裏論》，結合歷史記載，對守衛南宋地域作出戰略規劃，地域涉及即今江蘇北部、安徽、江西、湖北等地。卷下《江流上下論》，引證歷代史料及當時戰事，論述建都建康，國之安危繫於長江上流今江西、湖北等地。

書中作者總結歷代戰爭經驗得失，清晰分析了當時軍事形勢，頗具戰略眼光，其軍事設想可從卷下《江流上下論》歸納爲：『根本建康，左右淮、浙，取資於蜀，調兵於陝，以天下之半而與敵爭，庶乎可以得志矣！』本書上呈後頗具影響，載於《建炎以來繫年要録》等書。

《景定建康志》《至大金陵新志》引本書，作《東南利便書》。傳本較少，見於目録書記載較早的爲《文淵閣書目》卷一，載《東南防守利便》一部一册。顧起元《客座贅語》卷十《城内外諸水續考》，云其檢《金陵新志》載《東南利便書》，可知其亦未見本書。從本書茅瑞徵序及卷末題詞，可知此書爲嘉靖間蘇州藏書家吳岫從錫山顧慧岩家抄録。萬曆間石崑玉任蘇州知府，得本書抄本三卷，後其子石有恆將此書贈予其師明末史學家茅瑞徵，茅氏時任職兵部職方司，正旁搜異聞，以佐籌劃。吕祉爲建陽人，茅氏曾過建陽書肆，云其書有目無板。明崇禎間戰事四起，茅瑞徵頗爲看重本書之價值，刊印本書，序言云『天下方多事，儻略仿遺意，嚴戍江上，蚤爲綢繆之計，保全東南，惠此中土』。抄本多訛，茅氏嚴核，崇禎八年（一六三五）刻入浣花居《芝園秘録》本。

《金陵全書》收録的《東南防守利便》以南京圖書館藏明崇禎浣花居刻本《芝園秘録初刻七種》子目原大影印出版。

周　忠

刻東南防守利便序

往余在職方旁搜異聞以佐籌畫門人石伯常曰進東南防守利便三卷蓋尊甫楚陽先生前守蘄州所得抄本留為帳中秘

者也按宋史吕祉傳祉知建康與通判吴若等共議作此書上行在大略謂立國東南當聯絡淮甸荆蜀之勢證據辯博非苟作者及查祉家世建州嘗過建

陽書肆問其書有目無板每欲
殺青以廣其傳然念方今東南
寧謐江防晏然無事譸張以来
杞人憂天之誚遂久置庋簏不
浸省頃者流寇飈發所在騷動

偶取其書再四繙閱沿江一帶
防戍道里剖如列眉因亟以授
副墨聊資當事千慮之一宋自
南渡全倚長江為天塹而江防
必扼險清淮以重為遮蔽祉雅

自負功名會僚屬吳若陳克又
並稱文士故能廣事捜采共成
此書亡何而祉殉節淮西之難
其書不復行世迨至紹興以後
虜警頻發臨川吳曾著南征北

伐編起三國終五代臨江會三
英亦為南北邊籌十八篇視祉
此書更為詳晳而肇端託始則
祉實先鳴今古防守敘次如掌
無能出其規畫天下方多事儻

略倣遺意嚴戍江上蚤為綢繆之計保全東南惠此中土釜底游魂自當應時剪滅未可以祉空言無補遂因噎廢食也此書抄本多訛凡所引證余每嚴核

再四尚多掛漏所望博雅君子互為訂正以開醯覆於籌邊不無小補云

時

崇禎乙亥冬日澹樸居士茅

瑞徵書於家園之浣花居

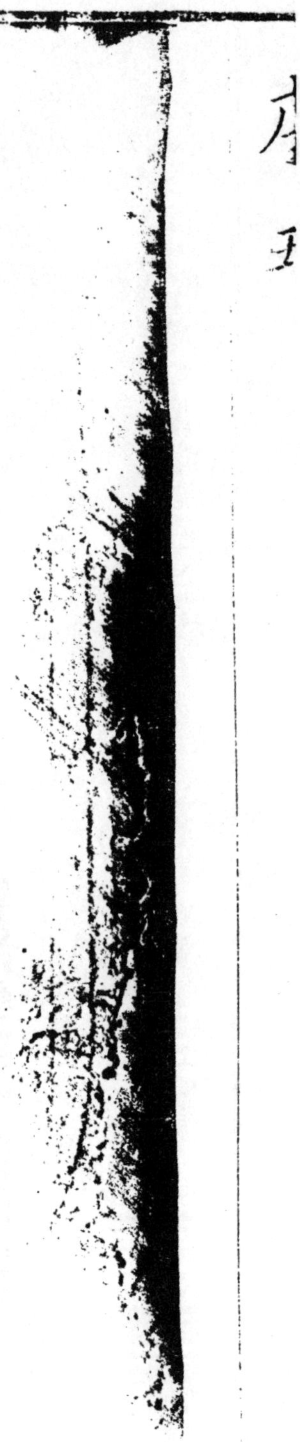

進東南防守利便繳狀

左朝奉郎直龍圖閣權發遣建康軍府主管江南東路安撫司公事臣呂祉狀臣建炎三年夏待罪右正言嘗建議謂當以建康爲根本淮甸爲藩籬連接沿江措置庶幾可以立國紹興元年冬待罪湖南提刑建議謂荆楚迺本朝上游宜於沿江措置使與吳會相接庶幾可以一統東南去年夏蒙恩除淮南宣撫使司參議具奏

東南防守利便

東南防守利便繳狀一 [illegible]

辭免謂屯兵淮甸表裏雖一而上下不接如人之一身四體不備楊幺在荆楚乃膏肓瘡痍他日恐資敵國宜亟掃除宿兵以固上游之勢冬蒙恩除知建康府赴內殿奏事又論今日之事謂當先定其規摹先爲不可勝以待敵之可勝其說亦歸於沿江上下表裏之勢前後論奏副本具存然臣已見如是而已臣自到今任每與僚屬文學之士權畧茲事取漢魏以來方策所

載山川險阻道里遠近軍馬屯戍之地爭戰勝敗之事裒集類次命本府通判吳若安撫司准備差遣陳克董其事作東南利害總論以襄陽江陵武昌九江皆建康上游也上下之勢要在相接作江流上下論北則合肥壽春盱眙廣陵皆其表也表裏之勢又當如一作江淮表裏論今圖恢復必據要會以爲根本建康實中興根本之地作建康根本論誠以駐蹕建康則沿江

戍守不可不備城池不可不修宮室不可不營郊廟不可不立河渠不可不議故自六朝建都以來沿江戍守城池宮室郊廟河渠事迹悉以類舉南北之事盡此矣臣愚謂今爲吾南國之患者有三一曰金賊二曰僞齊三曰楊么皆吾三敵也臣近探到東北調兵俱向陝西則窺吾四川矣李成據襄陽陰遣人結楊么則扼吾荊楚矣宿亳修城順昌聚糧近又城渦口乃是曹

公伐吳入淮路此其計不淺則又動搖吾淮甸矣當四川者吳玠關師古當荊楚者王燮而已至於淮甸則未有當之者雖有當之者又不可恃雖有可恃者又左右無援則是形勢間斷上下無備表裏不一其何以立國臣請以三國之事驗之魏有荀彧蜀有諸葛亮吳有魯肅皆一時之傑也荀彧說曹操則曰先取河北南臨荊州諸葛亮說劉備則曰跨有荊益保乎險阻者

東南防守利便

其意各在吞吳故不得不窺荊州也至孫權都江左荊州乃其上游尤當力爭故魯肅說之曰荊州與國鄰接據而有之天下可定及曹操破荊州順江東下則遣周瑜逆擊劉備領荊州牧則命諸葛瑾從備求之而又躬擐甲胄與魯肅呂蒙陸遜輩數十年間以死拒戰而荊州要地卒為吳有魏不復南渡蜀不敢東下者以不失上流之勢也及吳之衰晉圖平之羊祜首建策

謂必籍上流之勢若引梁益之兵水陸俱下荆楚之衆進臨江陵平南豫州直指夏口徐揚靑兗並向秣陵是以一隅之吳當天下之衆其後王濬唐彬胡奮王戎輩幷吞席卷順流長騖直造秣陵悉如祜策而吳遂亡然則荆州豈可失也一失荆州江左難立矣臣又以周唐之事驗之南唐雖跨據江左止能奄有淮甸每冬淮水淺涸常發兵戍守謂之把淺吳延紹以疆埸無

東南防守利便

事坐費資糧悉罷之劉仁贍上表固爭不勝及周世宗圖淮甸諸將欲據險以邀周歸師宋齊丘曰如此則怨益深不如縱之以德於敵乃命諸將各自爲守毋得擅出擊周師由是壽春之圍益急自劉仁贍失守之後周師乘勝水陸俱發唐之君臣無以爲計相視悲泣始獻江北之地而江左有齒寒之憂矣及我　藝祖受禪再定淮甸江左之勢愈孤雖於沿江繕城壘聚甲

兵厚方物之貢以緩師遣匈奴之使以求援竟無益於救敗而江南遂平然則淮甸豈可失也一失淮甸江左難立矣故爲朝廷之計宜亟圖之不可以遣使待報之故因循廢日以墮其計也今時氣未振難以議戰征但當謹守封疆以戒不虞如沿江一帶自襄陽江陵武昌九江而下淮南諸郡如合淝壽春盱眙廣陵等處各屯兵馬西與四川形勢接聯使上下有備表裏如

東南防守利便

一廢幾可與抗衡進可以禦敵退可以堅守雖未剪除凶逆混一寰區而南北之勢成矣自魏而下定都江左其間有志於中原者多矣時有所未可祇取禍敗者非止一事宋文帝元嘉中欲經畧中原羣臣爭獻計策迎合取寵獨沈慶之以爲不可時文帝以謂虜所恃者惟馬今下水浩汗河道流通汎舟北下碻磝必走滑臺少戍守可覆拔克此二城館穀弔民虎牢洛陽自

然不固比及冬初城守相接虜馬過河卽成禽也初魏羣臣聞有宋師言於魏主請遣兵出魏主曰馬今未肥天時尚暑速出必無功若兵來不止且還陰山避之展至十月吾無憂矣王元謨圍滑臺初措畫乖繆衆心失望數月不下魏人潛遣人撫慰遂擁兵渡河衆號百萬鞞鼓之聲震動天地元謨始懼走而魏師長驅宋人肝膽塗地矣此往事也可以爲輕舉之戒今僞齊

不難乎大梁不難復正恐禍根未除貽患在後耳兵家之勢先度彼己虜人浸歸巢穴自河以北所至留一二酋領雜契丹九州人鈐制吾之赤子其强弱虛實不得知也而河之南付之僞齊使爲吾之敵駐蹕臨安僻在海隅諸將重兵屯江左皆相去遠矣以臣觀之必得其强弱虛實而後可圖必於沿江一帶措置口口而移蹕向前然後可以係東南離散之心慰西北來蘇

之望振作士氣以待天命其舉事也自非精鋭之師直擣其心腹前者克勝後者相繼一時過河使聲實兼舉則事未必濟而今日之勢似有未可故剪除兇逆混一區宇臣謂其未能而南北之事臣恐其當爲也臣聞事君之義犯而勿欺今北路未夷國威未振中夜以思不寒而慄矧臣嘗蒙眷擢列諫省薦歷外臺今又爲藩臣誓思所以圖報事係大體無以踰此故敷不量

力論之所有吳若陳克所著南北事迹釐爲三
帙目之曰東南防守利便謹令繕寫隨狀進呈
伏惟
睿旨俯垂省覽如合聖意乞早賜施行臣不勝
昧死謹錄奏聞伏候勅旨

東南防守利便上

右迪功郎江南東路安撫使司準備差遣

臣陳克

左宣教郎添差通判建康軍府提舉圩田

臣吳若

東南利害總論

自古中興之業惟周宣王漢光武爲能恢復混一以還祖宗之舊如先主之造蜀而天下因以

東南防守利便　洪[illegible]

三分晉元帝之渡江四海一家裂爲南北其小大强弱若不相似然其規摹之廣狹必素定焉如是而王如是而霸謀而行之至於成功未聞係違於兩間徼倖於一切而能以有爲也自金人作難中原蕩覆國家權時之宜狩于南土僞豫小子僭據京縣此三分之時邪南北之勢邪明此則恢復混一可得而言矣夫廟堂之規摹其數定與否不可得而知也區區之見竊有惑

焉自建炎之初車駕幸淮三年夏幸臨安五月幸建康其年秋幸會稽後二年再幸臨安則是都邑之遷徙未聞有定居也中間嘗用留守之兵欲率勵羣盜復收趙魏幾何而輒罷又嘗以宰相都督諸軍議遣大將欲涉淮以趨宿泗俄而中輟又嘗令李横牛皋破潁昌欲直擣汴京而亦卒無所成則是進取之前却未聞有定論也夫規摹不素定欲爲三分爲南北猶不可必

況於恢復而混一乎爲今之計必先定都邑以固根本而後定進取以復境土規摹已定斷之以不惑持之以不倦人旣信之天且助之夫豈有不成之功乎且周宣王之興實起於東都漢光武之烈實本於河內建康之形勢其地險於維揚而其勢便於會稽臨安是亦今之東都河內也誠建都於此以爲興王之基扃而後按地形之表裏極江流之上下以謀進取可也且淮

甸者江左之表也九江武昌江陵襄陽者建康之上游也孫氏不能舉淮南劉氏不能有荆州故卒與魏人三分而守之此無他時之不便故也及晉之東兼淮南并巴蜀包荆襄而家於建鄴南北之權均矣而亦不能有荆州滅劉氏以取京洛此無他德之不修故也今誠能宿重兵於盱眙廣陵以瞰齊魯開外藩於合淝壽春以躡陳許控帶九江武昌以奄有楊越鎭撫荆南

襄陽以應接川陜若然則地形之表裏并包爲一江流之上下首尾相應進而可以囗南北矣方且舉賢用能信賞必罰勤政以厚其民節用以阜其財選將以練其兵湥謀蓄力與人待時順天之道乘敵之釁一舉而清中原恢復混一尚庶幾及見之要在於規摹素定而已凡建康之根本江淮之表裏江流之上下其詳旣載之本篇又爲之圖以備朝廷之覽觀焉

建康根本論

臣聞帝王之開國戡土必觀天之道因地之利審人之情於以經理四方而垂裕萬世豈徒然哉國家决策南幸采羣臣之議以建康爲京都凡天之眷祐地之便利人之攸賴盡在是矣昔秦始皇東巡經秣陵縣望氣者云金陵地形有王者都邑之氣張紘亦說孫權地有王氣天之所命宜爲都邑因徙治石頭改秣陵爲建鄴西

晉之末始改石頭爲建康起元帝迄陳區區強霸曾不足以當此休應往者主上駐蹕金陵天人之際於斯和會是知符命所從來遠矣其開基傳祚豈有窮哉前所謂觀天之道者此也建康在東南爲一都會控帶荊楊引輸江湖咫尺淮甸應接梁宋其山川之雄盛原隰之平衍食貨之富饒眞足以容萬乘而供六師前所謂因地之利者此也且時巡南國宜順人心作京宅

土以塞吳中父老望幸之意刕北土之民謳歌
未改一聞法駕臨江有以知聖神不忘中原之
志延頸企足孰不徯戴前所謂審人之情者此
也夫天之所助地之所宜人之所向三者合而
升平之期可必矣若乘此機會都於建康則是
興王之基已立改令更化練兵積粟以須天時
神州赤縣不難復也大計一定至於修城隍作
宮室立宗廟社稷增戍守畫封圻此有司之事

稽之於古驗之於今斟酌損益條具於後

歷代議遷都

吳孫皓還都武昌陸凱上疏曰武昌土地實危險而墝埆非王都安國養民之處船泊則沉漂陸居則峻危且童謠言寧飲建鄴水不食武昌魚寧還建鄴死不止武昌居童謠之言生於天心乃以安居比死足明天意知民所苦也

晉蘇峻平宗廟宫室並爲煨燼温嶠議遷都豫章三吳之豪請都會稽二論紛紜未有所適王導曰建康古之金陵舊爲帝里又孫仲謀劉玄德俱言王者之宅古之帝王不以豐儉移都若弘衛文大帛之冠則無往不可若不績其麻則樂土爲墟矣且北寇游魂伺我之隙一旦示弱竄於蠻越望實皆喪懼非良計繇是嶠等謀並不行

南齊蕭頴胄議遷都夏口柳惔以巴峽未賓不宜輕捨根本動搖人心不從俄而巴東之兵至峽口遷都之議遂息論者以爲見機

梁侯景平梁元帝臨荆陜二十餘年情所安戀不欲歸建鄴故府臣僚皆楚人並欲歸都江陵云建鄴雖是舊都凋荒已極兼與北虜止隔一江若有不虞悔無所及帝無去意周洪正諫曰士大夫言惟聖所居本無定處若

黥首未見入建鄴城便謂猶列國諸王今日
赴百姓心不可不歸建鄴
南唐嗣主用唐鎬計遷都豫章改號南都然
洪州乃藩鎮之地反爲王都官舍營壘十不
容其一二自公卿下至軍士皂隷皆旦夕思
歸
右南朝建都之地不過吳下建鄴豫章江陵
武昌數處其强弱利害前世所論是非甚易

明也吳孫策嘗以會稽爲根本及大帝嗣立稍遷吳下京口其後嘗住公安又嘗都武昌蓋往來其間因時制宜不得不爾及江南已定遂還建鄴保有荆楊而與魏蜀抗衡其宏規遠畧晉宋而下不能易也故孫皓舍建鄴而之武昌吳因以衰梁元帝舍建鄴而守江陵梁遂以亡李國主舍建鄴而遷洪府南唐終不能以立善哉王導之斷也拆會稽豫章

二論而綏輯舊都轉危爲安運亡爲存晉以永世導之力也夫古者建都啓土必謀之卜筮今都邑之議時有不同胡不觀之歷代之得失其爲卜筮亦大矣

修城隍

歷代城隍

都城

輿地志建鄴都城周二十里十九步本吳舊

址吳都城賦云郛郭周匝重城結隅通門二八水道陸衢所以經始用累千祀吳之城郭其可攷者大畧如此

建康實錄晉始繕苑城修六門卽吳舊城也江左所築但有宣陽門至成帝作新宮始修城開陵陽等五門與宣陽門爲六又云雖經五代門墻互有修改其實都城皆吳之舊址

倉城

吳大帝三年使御史郗儉監鑿城而南自秦淮北抵倉城名運瀆按建康實錄宮城卽吳苑城城內有倉名曰苑倉故開此瀆通運於倉所時人亦呼爲倉城咸和中修苑城爲宮唯倉不毀故名太倉在西華門內道北

臺城

晉武帝七年作新宮輿地圖云卽臺城也在

縣東北五里周八里

東府城

輿地志在縣東七里清溪橋臨淮水周三里九十步本琅邪舊第後爲會稽王道子領楊州刺史以爲治所時人呼爲東府宋武帝領楊州因築城以居彭城王義康更開拓北墉峻西塹自後常爲宰相廨也齊高帝封齊王以東府爲齊宮城

西州城

卽古楊州城在上元縣西二里周廻三里輿地志云楊州廨王敦所創也石氷之亂焚燒府舍陳敏營孫氏故宮居之元帝初渡江卽敏府創今城其後會稽王道子領楊州而居東府故號此爲西州大明中以東府爲諸王邸西州爲丹陽

石頭城

吳志十六年孫權徙治建鄴明年城石頭改秣陵爲建鄴

蘇峻據石頭城王師旣集峻攻大業壘陶侃將救之周羨曰若救大業步兵不如峻但當急攻石頭峻必救之大業自解侃從之峻果棄大業而救石頭

王敦舉兵明帝以溫嶠守石頭孫恩寇京口元顯守石頭桓溫西征朝廷空虛以劉波頭

領五千人鎮石頭

自宋以後江邊有警必先據石頭以爲扞禦

石頭圖經云在今上元縣西五里緣江圖云

石頭城南抵淮水當淮之口南開二門東一

門吴大帝築以貯寶貨軍器有戍軍晉室中

興常爲險要必守之地義熙中再修治自宋

齊以來多以諸王鎮之陳大建中又加修築

以貯軍食

越城

王含錢鳳等至于南岸夜遣段秀屯水北平
旦戰於越城大破之
盧循至淮口令王仲德屯越城
崔慧景寇建鄴蕭懿入援自采石濟岸頓越
城舉火臺中鼓叫稱慶
圖經越王城在江寧縣南三里越絕書云范
蠡築周廻二里八十步又曹憲楊州記云越

王所築昔勾踐平吳之後伐楚乃築此城在
秣陵長千里
右建康故城在上元縣東三國志孫權徙治
建鄴明年城石頭改秣陵爲建鄴輿地志云
都城周二十里一十九步本吳舊址葢孫權
雖城石頭以扼江險然其都邑則在建鄴故
城歷代所謂都城者是也東晉及宋齊梁陳
因之雖時有改築而其經畫皆吳之舊也諸

葛亮論秣陵地形云鍾阜龍蟠石城虎踞則南朝都邑襟抱左右槩可見矣晉宋以來面淮有朱雀航宋文帝作玄武湖葢傳會龍蟠虎踞而爲此名也有曰臺城則宮省之所寓也有曰東府西州城則諸王若宰相居之有曰倉城則儲蓄之所在也以宮室記攷之皆在都城之內然舊城在北去秦淮五里故淮上皆列浮航緩急則徹航爲之備吳緣淮立

柵前史所謂柵唐是也其江岸必爭之地則
別築石頭城常以腹心大臣鎭守其處及楊
行密徙築今城則稍遷近南夾淮帶江以盡
地利然城之西隅據石頭岡阜之脊以立城
基又城之南與天禧寺相直卽昔人所謂大
長干是也其城基與長干山勢連接形勢如
此所謂與敵分險者也昔王僧辯屯石頭城
侯安都令軍人奉之投於女墻內衆隨而入

國初曹彬之下自京口襲之以石頭城北接岡阜不甚險峻故安都江夏登長干北望金陵問其地曰伏龜接也督軍攻之南城遂陷然則今之西北東南兩隅當隨地形高下爲之措置且石頭城見有故基而越王城故基見與長干相接皆憑高下瞰城內宜占形勝修築堡塢令可用三五千人以備非常如披城下寨之類是也

溝池

秦淮

孫盛晉陽秋云淮水秦所開故謂之秦淮建康實錄秦淮舊名龍藏浦其上有二源一發自華山經句容縣南流一發自東廬山經溧水北流入江寧界二源合于方山西注大江分派曲折不類人功疑非始皇所開張紘云始皇東巡望氣者云金陵地有王者都邑之

氣故掘斷連岡接石頭城處今方山石湺横瀆是也南朝時淮水流經建康秣陵二縣之間至於石頭入江吳時夾淮立栅十餘里梁天監中作兩重栅皆施行馬又淮上自石頭至運廨總二十四渡皆浮航往來唯大航用杜預河橋之法本吳時南淮大橋也一名朱雀橋橋當朱雀門下度淮水王敦作逆溫嶠燒絕之是後以舶船爲浮橋復有驃騎航船

行格航丹陽城後航總四航遇警急即徹航以爲備今秦淮二源如古歷上元江寧縣界自建康城東北入城中西入大江潮溝運瀆

清溪

吳志令侍御史郄儉作運瀆地志云潮溝吳大帝所作以引江潮在六門之西及今九州廟西瀆是也建康錄吳赤烏四年詔鑿東渠名青溪通城北塹潮溝以地志攷之古城西

南行者是運瀆自歸善寺門前東出青溪者名潮溝其實青溪引秦淮水運瀆引江水皆灌注古城中曲折縈帶皆通城北塹轉入後湖今運瀆已湮塞潮溝在上元縣西四里濶三丈深一丈今青溪在縣東六里濶五丈深八尺歲久淺涸水流斷絕續不復通城北塹也

右古城近北秦淮既遠其漕運必資舟楫而

濠塹亦須水灌注故孫權時引秦淮爲運瀆以入倉城開潮溝以引江水又開瀆以引後湖又鑿東渠名青溪皆入城中縣城北塹而入後湖此其大畧也自楊行密依淮爲城其城之東塹皆通淮水其西南邊江以爲險然春夏積兩淮水泛溢城市皆被其害及盛冬水涸河内往往乾淺議者以謂合於秦淮上下置閘遇淮水暴漲即閉上流令水自城外

輸瀉入濠以殺水勢如冬淺涸即閉下流蓄水以養壕塹又城北面地勢大段高峻其壕水不過數尺若據吳之舊開潮溝以東引江水開青溪以西引秦淮縈繞城之北面入於後湖則城北壕塹自然通快矣

戍守

歷代戍守

白下　上元縣西北一十四里輿地志齊武帝以其城係山帶江移琅邪郡居之

陳武帝與齊兵戰於幕府山命侯安都自白下横擊其屯大敗之

蔣元遜領青龍八十艘於白下遊奕以禦隋六合之兵上元縣北一十五里

蔣山

宋武帝之入討隋師伐陳蘇峻內向皆先據蔣山賀若弼至建鄴司馬涓進言於後主請北據蔣山南斷淮水

龍尾（蔣山青龍山之間）

齊兵北渡蔣山矦安都與齊將戰于龍尾

覆舟山

蘇峻濟自横江至陵口遂據蔣山之覆舟山下範之屯覆舟山西宋武帝艤軍於覆舟東張疑兵油帔冠諸木徧满山谷帝先馳之將士殊死戰大敗楚兵

北郊壇（上元縣覆舟山之南去縣十里）

王師之禦王恭謝琰守北郊

盧循入寇劉欽宣守北郊

齊寇至幕府山陳高祖移頓郊壇北

藥園在北郊壇之西

宋武帝築藥園壘以拒盧循

幕府山上元縣西北二十五里

徐嗣徽引齊兵營幕府山

齊兵至幕府山南陳武帝自覆舟東移斷郊

壇北與齊人對壘

西陵上元縣東北一十五里吳大帝陵也

蘇峻至蔣山下壺戰于西陵敗績

白土崗上元縣二十二里周廻一十里高十丈南至淮

賀若弼進軍鍾山曾廣達於白土崗與若弼旂鼓相對隋軍退走

土山上元縣東南三十里周廻四里高二十丈

石季龍將寇海道蔡謨所統七千人東至土

山西至江乘鎮守八所城壘凡十一處

羅落橋上元縣東北六十里有羅落浦今攝湖流入大江

宋武帝進至羅落橋斬皇甫敷

江乘漢武帝時江乘縣屬丹陽郡吳錄江乘屬建鄴大康地志亦屬建鄴東晉以江乘屬南琅邪郡南徐記江乘縣西有江乘今在上元縣西北一十七里

孫策渡江轉攻江乘

徐盛作疑城自石頭城至江乘

蔡謨鎮守八所自土山至江乘

竹里在句容縣方輿記行者以其輕險號翻車峴

宋武帝舉兵至竹里

直瀆上元縣西北三十五里

直瀆山上元縣北四十里

蘇峻犯建鄴王侌期鄧嶽次直瀆

四望磯上元縣西北八里西臨大江南連石頭城

溫嶠討蘇峻於四望山築壘以逼石頭

新洲上元縣北五十里

宋武帝伐荻新洲
孫恩至新洲不敢進
白石上元縣北一十二里南徐記檐湖面北有蘇峻湖本名白石陂古白石壘也
陶侃討蘇峻諸將議於查浦築壘部將李根建議請立白石壘曰查浦地下又南唯白石峻極險固可容數千人賊來攻不便滅賊之術也侃從根謀夜修曉訖賊見壘大驚
以上係上元縣界

查浦 江寧縣西南二里建康實錄石頭南上一十里

陶侃屯查浦

李陽與蘇逸戰于查浦

盧循犯建鄴宋武帝柵石頭斷查浦以拒之

新亭 圖經新亭鄉在江寧縣東南四十五里吳錄南上十里

楊佺期至石頭聞劉牢之領北府兵在新亭

賊皆失色乃回歸師屯于蔡洲

李居士屯新亭曹景宗馳戰敗之

崔慧景兵至新亭石頭台下兵皆潰
徐道覆勸盧循焚舟自新亭步上
新林江寧縣南二十里
侯景圍臺城柳仲禮韋粲合軍屯新林
板橋江寧縣南三十里
晉師將至吳遣張悌屯板橋
梁武帝起兵令將軍呂僧珍屯白板橋
江寧縣西南六十里

王敦蘇峻犯建鄴晉武帝梁武帝起兵皆屯

江寧

慈湖太平州界至建康七十五里

石季龍寇歷陽趙嗣屯慈湖

蘇峻敗司馬流於慈湖

牛渚太平州界至建康八十五里

吳孫瑜自溧陽移兵屯牛渚

孫直督牛渚作横江塢

晉王渾周浚濟自牛渚破吳師於板橋

蘇峻自横江登牛渚至蔣山

采石

侯景陷歷陽武帝問羊侃討景之策侃求以

二千人急據采石令邵陵王襲取壽春使景

進不得前退失巢窟烏合之衆自然瓦解議

者謂景未敢便逼都遂寢其策令王質往侃

曰今兹必敗矣

隋軍濟江楚樊毅謂袁憲曰京口采石俱是要所各須鋭卒數千金翅二百於江中上下防扞如其不然大事去矣

張公洲縣西南五里周廻三里

梁書太清二年豫州刺史裴東之舟師次張公洲

陳霸先擊破侯瑱于張公洲

蔡洲江寧縣西新一十二里周廻五十五里

陶侃溫嶠討蘇峻直指石頭次于蔡洲

盧循大至宋武帝曰若新亭直上且將避之若囘泊蔡洲成擒耳

茄子洲 江寧縣西十三里 周囘四十一里

溫嶠陶侃赴援侃泊茄子洲

郄鑒自廣陵來會于茄子洲

倪塘 江寧縣東南五十五里

王含錢鳳逼建鄴帝夜募士渡水掩其不備

大破舍軍舍率餘黨於倪塘西置五城如郄月勢

三山江寧縣西南五十七里輿地志云吳舊津所也

王濬伐吳順流鼓棹直指三山

洌山江寧縣西南七十里輿地志吳舊津所也內有小河可泊船商客多停此以避熱風故以名焉伏滔北征記亦謂之溧洲洲上有小山其形似栗因名之

宋武帝義師討逆劉牢之爲前鋒率北府文武屯洌洲

以上係江寧縣界

江寧鎮江寧縣西南六十里事具在前

江寧鎮當太平入建康水陸之衝今但有鎮將去大城崗馬家渡巡撿寨尚遠謂宜措置比之秣陵淳化龍安事體最重

秣陵鎮

昔孫策渡江攻牛渚遂至秣陵時薛禮據秣陵笮融屯縣南策以融險固去轉攻湖熟江

乘徐嗣徽引齊兵以攻秣陵故城跨淮立橋

柵度兵爲自方山進及倪塘吳孫皓時施

但衆萬餘人自秣陵將逼建鄴諸葛靚迎擊

但於九里汀今秣陵之南也繇此知秣陵北

抵句容南抵建康屯兵設備不可不容

淳化鎭

淳化鎭所以蔽遮句容縣而應接京口其名

雖不見於載籍而在今之形勢實爲衝要

龍安鎮

龍安之名不載於晉宋以來諸書然與其州宣化鎮分江爲界自宣化鎮至盤城竹墩上下尾梁乃泗洲之間道其斥堠戍守不可不嚴

下蜀鎮巡檢寨句容縣至府一百五里　東陽巡檢寨句容縣至府六十里　石步巡檢寨上元縣界至府四十里　靖安巡檢寨上元縣界至府一十五里即舊龍安鎮自宣和中方改曰靖安置寨　大城崗巡檢寨

江寧縣界至府四十里

沿江廵撿皆是江流險要之地其土軍不過百十人所晉舟三五隻謂宜量地之宜修築城堡令可容三二十人平居無事止令廵撿土軍守禦遇有警急須增兵馬爲備其舟船亦合計置增添古人論守江之策不過岸上築塢水中浮船此今之先務也

右建康四境東鎮江府北真州六合縣西和

州西南太平州皆沿江要害之地也自南朝以來敵國若寇盜出廣陵六合縣京口以逼建鄴則所備者白下蔣山龍尾覆舟山白土崗北郊壇藥園幕府山羅落橋江乘竹里今上元縣句容縣之境也若自上流或渡歷陽而來則所備者石頭查浦新亭板橋江寧慈湖牛渚采石今江寧縣太平州之境也若舟師浮江而下則所備者直瀆新洲四望磯白

石張公洲蔡洲茄子洲倪塘三山洌洲今上
元縣江寧縣之境也按今之州縣四境參攷
之諸書凡兵所從入與建鄴扞禦之地則異
時軍行頓宿與城守屯防可得而言矣且晉
之伐吳也王渾周浚自牛渚至板橋斬吳軍
師張悌王濬以舟師自三山至于石頭城則
是兩軍水陸並進皆趨建康之南面也宋武
帝之討逆也起兵於京口次於竹里斬吳甫

之於江乘進至羅落橋斬皇甫敷遂至覆舟山則是義師自南徐之東北歷句容縣出於蔣山以攻建康之北面也隋之伐陳也賀若弼自廣陵濟江攻夏京口沿江諸戍分兵斷曲河之衝而入韓擒虎濟自橫江分兵晨襲采石取之進拔姑熟次于新林二將會兵南北道並進若弼敗陳師於白土崗之東南遂薄都城韓擒虎自新林至于石子崗蘇朱雀

航入南掖門則是一軍攻建康之東引兵以據蔣山之南一軍攻建康之南乘勝以邀秦淮之北也蘇峻自歷陽舉兵令韓晃入姑熟屠于湖戰于慈湖峻濟自横江登牛渚至蔣山戰于西陵遂破青溪柵則是峻令别將攻慈湖以牽制江寧以南而後取牛渚間追出蔣山北以瞰都城也推此則前世敵之所必攻與我之所必守其險易遠近可坐而得矣

爲今之戍備其可不審乎然有所謂因敵之變以爲緩急寇來則據險寇去則解嚴是也有所謂隨地之形以爲輕重治軍旅於閒暇之時修壁壘爲長久之計是也何謂因敵之變以爲緩急昔石季龍於青州造船數百掠沿海諸縣朝廷以爲憂蔡謨遣徐元等守中洲并設募取季龍舟船是時謨所統七千人所戍東至土山西至江乘鎮守八所城壘凡

十一處烽火接望三十餘處蓋季龍謀出海道則備建康京口之東北如土山江乘此其津要也咸康中石季龍寇歷陽王導都督諸軍事以禦之令趙嗣屯慈湖路永戍牛渚郄鑒使陳光率衆以衛京師蓋季龍將横渉江則備建康之南如慈湖牛渚此其噤喉也盧循至淮口琅邪王次中堂宋武帝次石頭王珍屯南掖門劉欽宣屯北郊築查浦藥園建

尉三壘以拒之益盧循已逼秦淮則備建康之西南且備建康之北如石頭南掖門北郊以據其便利如查浦藥園建尉以遏其奔衝者也何謂隨地之形以爲輕重自吳以來石頭南上至查浦查浦南上至新亭新亭南上至新林新林南上至板橋板橋南上至洌洲陸有城堠水有舟楫今欲備建康之南其措置之策莫先於此也韓晃築石頭五城修塢

壁起建鄴抵京峴樓規相望置館第數十餘石頭城穿井皆百尺造樓船皆三千柁繇海門大閱至申浦而還今備建康之北其施設之方莫先於此也雖然事有便於古而亦可施於今則如前所陳是矣事有宜於今而不必出於古請得而論之今建康四面如江寧秣陵淳化龍安諸鎮如下蜀東陽石靖安天城崗馬家渡綱沙夾慈湖諸巡撿其名不皆

見於地志而其事不盡傳於舊史然觀其形勝詢之父老其利害較然可曉議者謂諸鎮寨宜作城塹具艛艦增卒戍稽之於古驗之於今可依擬斟酌而行也雖然以道爲形勢者守四夷以人爲形勢者守四藩以地爲形勢者守四境苟經畧無以治外則雖有金城湯池不足以爲險也苟政事無以得民則雖有壯堠巨屏不足以爲强也孟子曰地利不

如入和吳起亦云百姓安其田里親其有司則守已固矣茀著之末篇以待朝廷之選擇云

晝封圻

漢丹陽郡領宛陵於潛江乘春穀秣陵故障句容涇丹陽石城姑熟陵陽蕪湖宣城丹陽

永平臨城懷安寧國安吳廣德晉太康中改

永平曰永世分秣陵置建康割宣城宛陵陵

陽涇安吳廣德寧國春穀石城臨城懷安十一縣屬宣城郡而更置于湖江寧二縣安吳廣德

唐初改金陵爲白下延陵句容二縣屬潤州丹陽溧水溧陽三縣屬宣州

今建康四至八到

東至潤州一百八十里　西至和州烏江縣五十五里　南至宣州寧國縣九十九里

北至真州六合縣九十九里

東南到湖州安吉縣常州宜興縣兩縣爲界

三百三里　西南到太平州一百里　東北

到潤州一百九十九里　西北到眞州宣化

鎭四十里

領縣五

上元　江寧　句容　溧水　溧陽

東西二百三十五里　南北四百六十里

右漢元封時丹陽領縣十七及孫氏有國建
鄴領縣十九晉太康中割縣十一入宣城郡
唐初以東境屬潤州南境屬宣州蓋其江山
形勝當天下多事則爲帝王所都及夫削平
之後必稍割邊縣以分其勢其措置不得不
然也今建康提封不能數百里今京邑浩穰
之置謂宜合并京口姑熟以爲王畿升宣城
池陽比之輔郡且京口在南朝號稱三鎭慶

亭大業曲河長崗爲國東門之限姑熟與建寧亭驛相望戍蕪湖備牛渚其事見於載籍者不一宣城據池陽徽之孔道池陽控帶上流晝夜分疆以屏王室擇守將屯重兵畧如晉宋之舊比漢丹陽吳建鄴之邦未爲過也

歷代宮室

太康三年地志吳太初宮三百丈權所起也昭明宮方五百丈皓所起也在縣東北三里

晉建康宫城之西南
晉元帝渡江鎭建鄴因吳舊都城修而居之以太初宫爲府舍石冰之亂太初宫災燒殆盡陳敏平石冰因太初故基創造府舍元帝所居卽敏所作府舍帝領江左積十一年始卽帝位常居舊府明帝亦不改作至成帝始繕苑城地志云周八里
武帝三年春二月作新宫尚書僕射謝安決

意修定皆仰模元象體合辰極二月始工內
外日役六千人秋七月新宮城內外殿大小
三千五百間今宮城周迴四里四十五步上
濶二丈下濶二丈四尺高二丈僞吳順義中
築行宮在子城西偏
右吳太初宮方三百丈晉建康宮周八里今
宮城之廣狹方晉則不足比吳則有餘其地
北枕覆舟山益鍾山之麓也牛首在其前即

王導所謂天闕者是矣左鍾阜右石頭龍蟠
虎踞眞帝王之宅也故自來守臣以前朝故
宮不敢正據面勢其府舍廳事在子城之西
偏北年修行宮又失於攷訂改作豈至尊當
易之義耶昔汴京修大内旣成 太祖居正
殿令洞開朱門直望之謂左右曰此如我心
小有偏曲人皆見之謂宜即子城之中爲正
殿與金闕門相直稽之五行家旣云便利又

合於制度昭然可信不疑也昔吳大帝欲徙
武昌材瓦更繕治太初宮羣臣奏言武昌宮
已二十八歲恐不堪用宜下所在通更代致
帝曰大禹以卑宮室爲美今軍事未已所在
多賦若更通代妨損農桑徙武昌材瓦自可
用也及晉謝安啓作新宮王彪之曰中興卽
位東府殊爲儉陋元明之朝亦不改制蘇峻
之亂成帝止闌臺都坐殆不蔽寒暑是以更

營修築方之漢魏誠爲儉狹復不至陋殆合
奢儉之中今自可隨宜增修强寇未殄不可
大興功力安曰宮室不壯後世謂人無能彪
之曰任天下事當保國寧家朝政惟先豈以
修屋舍爲能邪觀大帝詔與彪之之論他日
營繕可爲法也

歷代二郊宗廟社稷

南北郊

建康實錄元帝二年作南郊在宮城南十五里郭璞卜立之案輿地圖在今縣城南十八里長樂橋東離外三里

建康圖經古南郊壇在縣南十八里

成帝八年作北郊壇於覆舟山之陽制度一如南郊

建康實錄云北郊壇在縣東八里潮溝後東近清溪今蔣山南有北郊壇卽陳武帝破齊

師處

晉書元帝渡江太興二年始議立郊祀儀尚書令刁協國子祭酒杜夷議宜須旋都洛邑乃修之司徒荀組據漢獻帝都許卽便立郊自宜於此修奉驃騎王導僕射荀崧太常華常中書侍郎庾亮皆同組議事遂施行立南郊於巳地其制度皆太常賀循所定多依漢及晉初之儀是時尚未立北壇地祇衆神尚

係天郊成帝咸和八年正月追述明帝前旨
於覆舟山南立之天郊則五帝之佐日月五
星二十八宿文昌北斗三台司命后土太乙
天乙太微勾陳北極雨師雷電司空風伯老
人六十二神也地郊則五嶽四望四海四瀆
五湖五帝之佐沂山嶽山白山霍山醫巫閭
山蔣山松江會稽山錢塘江先農四十四神
也江南諸小山葢江左所立猶如漢西京關

中小水皆有祭秩也是月辛祀北郊始以穆
宣張皇后配地魏氏故事非晉舊也

宗廟社稷

晉初置宗廟在右都城宣陽門外郭璞卜遷
之左宗廟右社稷輿地志云今縣東二里亢
風觀卽太祖西偏對太社右陛東卽太廟地
社立三壇帝社太社各一稷一晉武帝十六
年改築太廟輿地志云太廟中宗置及　帝

卽位常嫌廟東逼水西逼路因改築欲因洛陽故事遷入宣陽門內僕射王恂奏以爲龜筮弗違帝從之開墻埤東西四十丈南北九十丈五代仍之至陳乃廢晉初仍漢魏舊儀但置官社而無官稷但太社有稷而官社無稷故常二社一稷也太康中詔併二社之祀傅咸奏宜如舊詔一依魏制至元帝建武元年又依洛京二社一稷建康圖經古太社太

稷壇在縣東二里

右吳大帝時羣臣上奏宜修郊祀以承天意帝曰郊祀當於土中今非其所於何施此重奏曰普天之下莫非王土王者以天下爲家昔周文武都於豐鎬非必土中帝不聽終吳之世郊祀廟社鈌然無可紀者晉之東遷萬事草創而其禮文亦時有可觀二郊宗廟社稷故處今尚可攷南朝四代莫之改也如荀

組援都許立郊之議例與吳之諸臣共意正同記云將營宮室宗廟爲先詩人歌太王遷岐之事曰乃立冢土戎醜攸行然則王者定都開基必徼神於三神爲法於後世郊祀廟社其可緩乎前日

駐驆維揚及幸會稽臨安將草其儀而未暇遑也萬一再臨江左建城市營宮室願戒有司議先二郊宗廟所在以稱明主若奉天事

神念祖修德之意

東南防守利便上　終

東南防守利便　三十九

[illegible]

東南防守利便中

江淮表裏論

江淮之險天地之所以限南北也自昔立國於南則守江以爲家户備淮以爲藩籬當三國時吳割據荆揚盡長江所極而有之而壽陽合肥蘄春皆爲魏境吳不敢涉淮以取魏魏亦不敢絶江以取吳葢其輕重强弱足以相攻拒也故魏人攻濡須吳必傾國以爭之吳人攻合肥魏

必力戰以拒之終吳之世曾不得淮南尺寸之地江邊單外故卒無以抗魏魏已下蜀經畧上流屯壽春出廣陵此吳之所以爲禽也東晉迄陳彭城盱眙江都廬壽諸鎮之地皆入南常據江扼淮以防北敵至陳宣帝而淮南之地盡歸于周未幾而陳亡從而觀之形不合則東南之守必孤眞表裏之勢則然也今自淮而東以楚泗廣陵爲之表則京口秣陵得以蔽遮自淮而

西以壽廬歷陽爲之表則建康姑熟得以襟帶江西之鎮莫重於尋陽而舒蘄者實尋陽之表也湖北之鎮莫緊於武昌而齊安者實武昌之表也表裏江淮包括東南其來尚矣凡我之所以守若敵之所以攻古今之宜葢不甚相遠昔魏文帝嘗以舟師自譙循渦入淮從陸道至徐因幸廣陵臨江而觀兵矣吳之所備者不過自石頭至江乘浮船列戍以應之而已苻堅嘗出

汝穎破壽春以撓晉晉之所備者不過以宰相為征討大都督屯江之南遣謝玄衆軍擊洛澗渡淝水以應之而已魏太武嘗濟淮飲江營瓜步山以窺宋矣宋之所備者不過沿江六七里百數舳艫相接以應之而已凡此因淮甸之勢以保江南之策也觀之前世知敵之所繇入則吾之所以為守者可不固邪魏之屯田皖城謀以弱吳孫權乘雨水入皖督軍攻城須臾遂拔

自是皖城屬吳矣魏以晉宗爲蘄春太守數寇吳境吳遣賀齊襲蘄春生致晉宗今皖與蘄江州之北境也曹操治水軍順流而下周瑜程普督軍以逆之遇於赤壁初一交戰操兵敗退瑜屯南岸使黄蓋焚北船操因遁去今赤壁武昌之北境也凡此舉江南之衆以入淮甸之策也觀之前世知我之所以取則知敵之所以攻可不備邪噫欲守江爲家戶然淮甸之勢未立則

江豈可得而守之也又欲備淮以爲藩籬然江南之基未固則淮豈可得而備邪守江以治內備淮以治外此兩者可以並行而不可以偏廢何哉異時金人出沔鄂剽豫章而全軍直指金陵比僞齊之兵頓譙尾以禁壽春而李成睢盱於滁上大敵人之情蓋可見矣而吾之所以自治者自江而南敎化政刑方圖之而未暇舉淮而外郡縣鄣塞皆置之而不問此何理也議者

以謂宜修政事治軍旅以保江南任將帥積芻粟以保淮甸表淮而裏江形勝已全則我之所以備敵者敵還以備我敵之所以攻我者我還以攻敵廼荆襄而至于江左政舉而人和兵强而食足則進之東西倚江以爲重恃江以爲援敵人知之彼且設備於宿亳必不能默集青徐以擾關輔矣彼且設備於光順必不能轉輸陳許以給大梁矣如是則我之所以備敵者專而

東南防守利便卷之中　　完𢌿

敵之所以備我者分則是我衆而敵寡矣占天之時因人之心張皇六師指揮四方一軍自淮泗以擣青徐一軍自壽春以收汝潁彼敵之赴救遠近不相及也求財於蜀合軍於陜以過河隴出師襄漢因糧唐鄧以趨京洛彼敵之與國番漢不相親也如是則我之攻敵者有餘而敵之應我者不足則是我爲之主而敵爲之客也蓋嘗論之江淮之虛實南北之雌雄我不能覽

而用之則權歸於敵敵不能攘而有之則權歸於我權之所在成敗之機隆替之原也譬之奕焉或營其邊或營其腹邊腹之閒布置定矣及其取勝必先入者也然則江淮之表裏其事詎可緩邪謹條具如右

盱眙

符堅將彭超攻彭城謝玄率何謙高衡次于泗口堅將俱難毛當來會超有衆六萬詔征

虜將軍謝石率水軍次涂中右衛將軍毛安之游擊將軍河間王曇之淮南太守楊廣宣城内史丘準次堂邑既而盱眙城陷高密内史毛藻戰没安之等軍人相驚遂各散退朝廷震動玄於是自廣陵西討難等何謙解田洛圍進據白馬與賊戰大破之斬其將都顔因復進擊又破之斬其將邵保超難引退

魏太武率大衆數十萬向彭城宋遣輔國將

軍臧質北救始至盱眙太武已過淮及太武自廣陵北返悉力攻盱眙就質求酒質封溲便與之太武怒甚築長圍一夜便合質報太武書引童謠言虜馬飲江水佛狸死卯年太武大怒乃作鐵床上施鑱破城得質當坐其上質又與魏軍書寫臺格募斬太武封萬戶侯賜布絹各萬疋魏以鉤車鉤城樓城内繫緪數百人呼引之車不能退質夜以木桶盛

人縋出城截鉤獲之明日以衝車攻城城土堅密洛下不過數斗魏軍登城墜而復升莫有退者殺傷萬計死者與城平如此三旬死者過半太武乃解圍而歸

泗口

石勒侵逼淮泗帝求式遏邊境者公卿舉干敦鎮泗口及勒寇彭城敦退保盱眙賊勢遂張

晉以王敦威强太盛乃以劉隗鎮泗口

今泗州

東本府界七十里自界首至楚州一百三十里

西本州界一百二十里自界首至濠州五十五里

南本州界一百里自界至揚州一百七十里

北本州界一百八十里自界至淮陽軍一百

二十里
東南本州界八十五里自界至揚州一百八
十二里
西南本州界六十五里自界至滁州一百四
十里
東北本州界五十五里自界首至楚州一百
六十五里
西北本州界一百九十里自界首至宿州一

百二十里

右令泗州夾河爲城而古盱眙在淮北岸或請宜徙州治於盱眙是不必然令城鎮泝泗之衝舟車之會必守之地也亦敦捨泗口退盱眙而北寇之勢遂張則令城不必察明矣盱眙負山瞰淮誠能治兵積穀與民共守分戍泗口之城兼淮泝之險而有之豈不壯哉夫臧質以城而扞太武數十萬之衆移書侮

敵使愠而致戰驅士卒以蟻附之衆不能損城之累塊若臧質可謂善守矣西北金湯之固何遽不若盱眙而虜賊之多未必勝於太武轒轀所向曾無一人敢負盾而立者賊雅步而登埤吏民束手而就死一何愚也論者遂以謂金人之鋒不可當而築壘鑿池以為無補嗚呼固堅壁之將未有臧質豈城之罪邪

楚州

符堅遣俱難毛當等步騎七萬寇淮陰盱眙彭超寇彭城常鍾寇魏興俱難陷淮陰與超會師而南王顯自襄陽而下東會攻淮南彭超陷盱眙遂攻田洛于三阿去廣陵百里京師大震臨江列戍孝武帝遣謝石次于余中毛安之王曇之次于堂邑謝玄自廣陵以救三阿次于白馬塘俱難遣將都顏逆戰于塘

西玄敗之斬顏進兵至三阿與難超戰超等
又敗退保盱眙難超出戰復敗退屯淮陰元
遣何謙之率舟師乘湖而上焚淮橋又與難
等合戰斬其將邵保難等遂退淮北
符堅喪敗謝安奏宜乘其釁會令謝玄北征
三魏皆降玄欲令豫州刺史朱序梁國往彭
城北固河上西援洛陽內藩朝議以征役既
久宜置戍而還使玄還鎮淮陰朱徐州刺史

薛安都據彭城歸魏遣從子索兒歸淮陰蕭道成討破之索兒走鍾離道成追至贑黙而還及張永等敗於彭城淮南孤弱以道成爲假冠軍將軍持節都督北討前鋒諸軍事鎭淮陰初周師南征無水戰之具已屢敗李景兵獲水戰卒乃造戰艦數百艘使降卒教之水戰命王環將以下淮景之水軍多敗長淮之舟皆爲周師所得又造齊雲船數百艘世

宗至楚州北神堰齊雲舟大不能過乃開老鸛河以通之遂至大江景初自恃水戰以周師非敵且未能至江及陳覺奉使見周師列于江次甚盛以爲自天而下

今楚州

東至海二百八十里

西至本州界三十里自界至淮陽軍二百六十里

南至本州界一百四十里自界首至揚州一百五十里

北至本州界一百六十八里自界首至海州一百四十里

東南至本州界一百九十里自界首至泰州一百九十里

西南至本州界一百三十五里自界首至泗州四十五里

東北至海一百六十五里

西北至本州界一百六十里自界首至淮陽

軍二百三十里

右楚州控引淮海蕞爾盱眙廣陵之間彼兩

郡特以爲形援而孤城當路非盱眙廣陵之

之唇齒亦無以自立往者承泰楚泗與揚有

輔車之勢矣方金蹂踐苟合縱聯横首尾相

應淮南之地尚廣幾或存奈何諸鎮不知出

此賊破廣陵遂圍山陽他將皆閉城自守以爲萬全矣及山陽敗沒承泰俄相繼而陷必然之理也今廣陵盱眙雖云謀帥而兵力寡小共視山陽不啻胡越不知山陽有一犬吠形之警則兩都獨能無事乎

廣陵

黄初六年八月魏文帝以舟師自譙循渦入淮從陸道幸徐九月築東巡臺冬十月行幸

廣陵故城臨江觀兵戎卒十餘萬旌旗數百里是歲大寒水道兵不得入江乃引還吳志云魏文帝出廣陵望大江曰彼有人焉未可圖也

後魏太武太平眞君十一年十月車駕濟河乃命諸將分道並進車駕自中道十二月車駕至淮詔刈葭葦作筏數萬而濟淮南皆降車駕臨江起行宮於瓜步山諸軍同日皆臨

江所過城邑莫不望塵奔潰其降附者不可勝數宋帝使獻百牢貢其方物有請進女於王孫以求和好帝以師昏非禮許和而不許婚明年正月大會羣臣於江上文武授爵者二百餘人車駕北旋

晉郄鑒遷車騎大將軍督徐兗青三州軍事兗州刺史假節鎮廣陵及祖約蘇峻反聞難便欲率所領東赴詔以北寇不許於是遣司

馬劉矩領三千人宿衛京都壽而王師敗績矩遂退還鑾奉詔沉涕設壇場刑白馬大誓三軍登壇慷慨三軍悉爲用命率衆渡江與陶侃會于茄子浦還丹徒作壘以拒賊

謝安上疏求自北征進都督揚荊司豫徐兗靑冀幽幷寧益雍梁十五軍州事加黃鉞出鎭廣陵之步兵築壘曰新城命朱序進據洛陽謝玄抗威彭沛

今廣陵
東至本州界八十里自界首至泰州一百八十里
西至本州界七十里自界首至真州三十五里
南至江四十五里
北至本州界一百五十里自界首至楚州一百四十里

東南至本州界四十八里自界首至潤州八里

西南至本州界二十五里自界首至真州三十五里

東北至本州界八十里自界首至泰州四十五里

西北至本州界六十五里自界首至泗州七十五里

右西北以關塞爲險東南以江湖爲險故經營中原不都大梁即都關輔若巡幸東南其都邑之勝惟建康而已前日王議之臣請駐蹕廣陵以爲北近大梁可激中原人心邪則建康猶廣陵也以爲徘徊東南待時而動邪則廣陵非其所也且自孫氏及晉宋以下曹丕魏佛狸嘗濟淮飲江頓軍於廣陵矣而石勒之兵亦嘗入寇去廣陵財百里然則廣

陵者四戰之地也奈何以萬乘之尊居於九衢之衢徹障塞弛烽堠晏然無備而幸敵人之不來此可乎不可也夫廣陵非有河山之限與壘壁之守也必以盱眙爲之關鍵以淮陰爲之藩籬而又聚兵廣陵輕重相制遠近相及而後淮東之勢成矣今按撫使雖治廣陵然軍旅寡鈌儲峙蕭條平時喘喘自救不暇況能指揮支郡號令諸將以赴一朝之急

恥制置之間不可不厚爲之備也

壽春

毋丘儉罪狀司馬景王移檄郡國舉兵迫脇淮南將守諸別屯者及吏民大小皆入壽春城歃血稱兵爲盟分老弱守城儉與文欽自將五六萬衆淮西至項儉堅守欽在外爲游兵司馬景王統中外諸軍討之別使諸葛誕督豫州諸軍從安風津擬壽春征東將軍胡

遵督齊徐諸軍出譙宋之間絕其歸路景王屯汝陽使監軍王基督前鋒諸軍據南頓以待之

符堅南侵遣征南將軍符融驃騎張蚝撫軍符方衛軍梁成平南慕容暐冠軍慕容垂率騎二十五萬爲前鋒融等攻陷壽春梁成與諸將率衆五萬屯于洛澗成頻敗晉師晉遣謝石謝玄等水陸七萬相繼拒融堅捨大軍

于項城以輕騎八千兼道赴之晉劉牢之率勁卒五千夜襲梁成壘剋之斬成及王顯王詠等十將士卒死者萬五千謝石等繼進堅與符融登城而望王師見部陳齊整將士精銳又北望八公山上草木皆類人形顧謂融曰此亦勍敵也何謂少乎憮然有懼色謝石聞堅在壽春也謀不戰以疲之謝琰勸從朱序之言遣使請戰時張蚝敗謝石于肥南謝

玄勒卒數萬陣以待之蚝乃退別陣逼肥水王師不得渡玄遣使謂融曰置陣逼水此持久之計豈欲戰者乎若小退師令將士周旋僕與君公緩轡而觀之不亦美乎融於是麾軍却陣欲因其濟水而殺之軍遂奔退制之不可止融馳騎掠陣馬倒被殺軍遂大敗王師乘勝追擊至于青崗死者相枕堅爲流矢所中單騎遁還於淮北

齊高祖踐祚恐魏致討以爲軍衝必在壽春非垣崇祖莫可爲捍徙爲豫州刺史魏遣劉昶攻壽春崇祖乃於城西北立堰塞肥水堰北起小城使數千人守之謂長史曰昶必悉力攻小城若破此堰放水一激急踰三峽自然沉溺所謂小勞而大制耶及魏軍由西道集堰南分兵東路内薄攻小城崇祖决小埭水勢奔下魏攻城之衆溺死千數大衆退走

梁普通六年大舉北侵令夏侯亶帥譙州刺史湛僧智等攻壽陽與魏將河間王琛臨淮王彧等相距頻戰尅捷尋救班師合肥須堰成復進七年夏淮堰水盛壽陽城將沒亶帥湛僧智魚弘張澄等通清流澗將入淮淝魏軍夾肥築城出亶後亶與僧智還襲破之進攻黎漿正威將軍韋放自北道會焉兩軍旣合所向皆降凡降城五十二獲男女口七萬

五千人詔以壽陽依前代置豫州合肥鎮改爲南豫州以宣爲南豫州刺史加都督壽春久懼兵荒百姓皆離散宣輕刑薄賦務農省役頃之人户充復

晉温嶠奏軍國要務其一曰祖約退舍壽陽有將來之難淮泗都督置竭力以資之選名重之士配征兵五千人又擇一偏將將二千人以益壽陽可以保國徐豫援助司上

蔡戍

桓崇祖慮魏復攻淮北啓徙下蔡戍於淮東其冬魏欲攻下蔡及聞內徙乃揚聲平徐故城衆疑魏當於故城土戍崇祖曰下蔡去鎭咫尺魏豈敢置戍實欲除此城魏果夷掘下蔡城崇祖大破之

峽石　按淮南有兩峽石陸遜戰處在舒州桐城縣界號南峽石壽春峽石在壽春上蔡間蓋夾淮地名今皆附壽春下恐非是

孫權使鄱陽太守周魴譎大司馬曹休帥步騎十萬入皖陸遜假黃鉞爲大都督以逆休既覺知耻見欺誘自恃兵馬精多遂交戰遜自中部令朱穆全琮爲左右翼三道俱進衝休伏兵因驅走之追亡逐北徑至峽石斬獲萬餘牛馬驢騾車乘萬輛軍資器械畧盡

正陽

周拜李穀行營都部署攻圍壽州李景詔宋

齊丘還金陵以劉彥正爲神武統軍劉仁瞻爲清淮軍節度使以拒周師李穀曰吾無水戰之具而使淮兵斷正陽浮橋則腹背皆受敵乃焚其芻糧退屯正陽

南唐劉彥正帥師向壽春以禦周師李穀棄營退據浮橋彥正議追之劉仁瞻以謂不如養鋭以俟其隙彥正追之正陽爭据其橋爲周師所敗

林仁肇密說李國主曰請假臣兵數萬直抵壽春分据正陽救復淮甸臣請据淮而禦之

今壽春府

東至本州界一百里自界首至濠州二百八十里

西至本州界五十五里自界首至潁州一百八十里

南至本州界五百二十里自界首至舒州三

百里

北至本州界四十五里自界首至亳州一百六十里

東南至本州界一百二十里自界首至廬州六十五里

西南至本州界三百四十七里自界首至光州二百二十里

東北至本州界三十里自界首至宿州一百

五十五里
西北至本州界一百一十里自界首至亳州
二百一十里
右壽春古南北之衝也地入于南則犄角誅
譙宋覊縻潁蔡彼北方將應接之不暇矣北
人得之則出合肥擾歷陽江表之民亦豈得
緩帶而寢耶是以魏人與吳晉與符堅宋齊
與拓䟦氏南唐與周常血戰而爭之尺寸之

地不輕以爲敵也今國家北境僅有淮濆而已而壽春之阻一爲王彦克襲奪輒置而不問何耶不得壽春淮西之安危未可知也或謂壽春故城倚紫金山以爲固當徙据其地因修復忠正軍以控扼淮上如正陽古下蔡戍皆沿淮立柵如峽石可築堡塢以爲防限如是則壽春之根勢立矣鎮壽春與盧濠鼎峙奄有淮西北向爭衡豈惟保淮是乃保江

之策也

合肥

建安十三年孫權爲劉備攻合肥曹操自江陵征備至巴丘遣張憙救合肥權聞憙至乃走

十四年春三月曹公軍至譙作輕舟治水軍秋七月自渦入淮出肥水軍合肥

二十年孫權圍合肥張遼李典擊破之

二十一年治兵遂征孫權十一月至譙
二十二年春正月軍居巢二月進軍屯江西
郝溪權築濡須拒守遂逼攻之權退走三月
軍還留夏侯惇曹仁張遼等屯居巢
青龍二年五月孫權入居巢湖口向合肥新
城又遣陸議孫韶各將萬餘人入江將軍滿
寵進軍拒之寵欲拔新城致賊壽春魏帝不
聽曰先帝東置合肥南守襄陽西固祁山賊

來輙破於三城之下地有所必爭也縱權攻新城必不能援救諸將堅守吾將自往征之比至恐權走也秋七月御龍舟東征權攻新城將軍張穎等拒守力戰魏帝未至數百里權遁走議詔亦退

諸葛恪圍新城朝議慮其分兵以寇淮泗欲戍諸水口晉帝曰恪新得政於吳欲徼一時之利并兵合肥以冀萬一不暇爲靑徐患也

且水口不一多戍則用兵衆少戍則不足以禦寇恪果倂兵合肥毋丘儉文欽請戰晉帝命諸將高壘以弊之恪攻城力屈死傷大半乃救欽督銳卒趨合榆邀其歸路儉率諸將以爲後繼恪懼而遁欽逆擊大破之

濡須附

孫權建安十六年聞曹公將來侵作濡須塢十八年曹公攻濡須權與相拒月餘曹公望

權兵歎其齊肅乃退

呂蒙從權距曹公於濡須勸權夾水口立塢諸將皆曰上岸擊賊洗足入船何用塢爲呂蒙曰兵有利鈍兵無百勝如敵步騎蹙人不暇及水其得及船乎遂作之曹公不能下而退

魏使曹仁步騎數萬向濡須朱休穆爲濡須督仁欲襲取州上先揚聲東攻羨溪休穆分

兵赴羨溪仁進兵距濡須七十里休穆追羨溪兵未到而仁奄至諸將各有懼心休穆喻之曰兩軍交對勝負在將不在衆寡諸君以謂曹仁用兵孰與休穆耶又千里步涉人馬疲困其與諸軍共據高城南臨大江北背山陵以逸待勞爲主制客此百戰百勝之勢也因示虛弱以誘致仁仁遣子泰攻濡須城分遣常彫乘油船攻中洲仁將萬人留橐皐爲

後拒休穆步兵將攻取油船別遣將攻常彫
休穆身自拒秦泰燒營而退遂斬常彫臨陣
斬溺死者千餘

今廬州治合肥縣
東至本州界七十里自界首至和州四百五
十里
西至本州界一百五十里自界首至壽州二
百里

南至本州界二百三十里自界首至舒州一百九十里

北至本州界六十五里自界首至壽州三百一十里

東南至本州界一百里自界首至無爲軍一百七十里

東北至本州界三百里自界首至濠州四百二十里

西南至本州界一百九十里自界首至和州一百十五里
西北至本州界六十五里自界首至壽州一百七十五里
右兵家之論曰城有所必爭城有所必攻吾之所以應之者柰何曰深溝高壘待之以必守䄣馬厲兵示之以必戰而已魏之合肥吳之濡須所謂必爭之地必攻之城也孫權嘗

擁十萬之衆而攻合肥矣張遼所領財七千人遼與諸將謀之及其未合當逆挫其勢以安衆心然後可守也乃募敢從之士八百人明日大戰遼先登陷城直抵孫權麾下權大驚不知所爲曹公之出濡須也號步騎四十萬權止以七萬人拒之遣甘寧糾手下健兒百餘人夜斫操營北軍震駭此所謂待之以必守而示之以必戰也夫以戰爲守故能以

逸待勞以寡擊衆此爲兵之要也今合肥濡須皆吳境也論者常以謂兵少不足用城埤不足守苟爲是言則是必皆儡懦困遁之見也雖與之大行之阻濁河之限亦必委之而去矣況合肥濡須乎夫守合肥以限淮北守濡須以藩江左則是江淮表裏之勢也且合肥從古以來其浸有東湖肥水其藪有新城居巢濡須在吳志有美溪中洲槖臯其地形

俱尚存但不知必戰必守今人何如古人爾

渦口附

曹公伐吳自渦入淮出肥水軍於合肥

魏文帝循渦入淮陸道徐進至廣陵

宋建武末魏軍圍司州明帝使徐州刺史□

□□拔渦陽以爲聲援

梁侯景退保渦陽魏慕容紹宗擊敗之景自

峽石濟淮說下韋黯遂據壽春大通元年遣

領軍曹仲宗伐渦陽陳慶之隷焉魏遣常山王元昭等東援前軍至駞澗去渦陽四十里韋放曰賊鋒輕鋭不如勿擊慶之曰魏人遠來皆以疲倦須挫其氣必無不敗之理於是與麾下百五騎奔擊破其前軍魏人震恐慶之還共諸將連營西進據濡須城與魏相持自春至夏各數十百戰師老氣衰魏之援兵復欲築壘於軍後仲宗等恐腹背受敵謀退

慶之杖節軍門曰須虜圍合然後與戰老欲班師慶之別有寄敕仲宗壯其計從之魏人犄角作十三城慶之陷其四壘九城兵甲猶盛乃陳其俘馘鼓譟攻之遂破斬獲畧盡渦水湼流詔以渦陽之地置西徐州

右淮南之浸有淮水肥水渦水渙水水皆淮北郡縣陽洋戍皆依水以立焉晉魏之侵吳必自譙入渦水淮肥以南向令長淮之險僑齊已

與我共之矣其窟穴於譙非一日也北諜者言築城渦口然則僞豫之態見矣他日通餽運作樓艦以犯濠壽必此塗出也觀元魏作十三城於渦陽陳慶之以數十百戰盡平除之而後已及賊去乃置西徐州以據之則渦陽是亦南北必爭之地何必渦口凡兩軍掎角一障之閒其安危係焉乘勢襲奪每覆軍殺將而不悔也是故魏攻鍾離揚大眼對橋

北岸立城以通糧運芻牧者皆爲大眼所掠曹景宗募敢勇士千餘人度大眼城南築壘大眼來攻景宗破之壘因得成使別將趙草守之因謂之趙草城魏人抄掠輒爲趙草所獲又魏人分築東西小城夾肥韋叡先攻二城旣而魏人援兵五萬掩至叡督戰破之叡先立堰於肥水使軍主王懷靜築城於岸守之魏攻陷城進軍至叡屯下叡督厲衆軍而

前魏人鑿堤叡親與爭魏軍却因築壘以自固壘成營立合肥遂陷以此言之魏不築十三城則無以守渦陽陳慶之攻戰使魏一城尚在則渦陽非梁有也觀之往事以料賊情僞豫之勢駸駸而南矣朝廷雖務含容未恐出師以聲其罪始量地守險治兵積粟聊有以待之夫何傷於齊而惴惴然一不敢爲也且人治家國城郭中兵益是常事小小捍禦

而憂爲豫之疑我豫僭竊猖狂而我獨不疑
何耶

鍾離

魏中山王元英攻鍾離圍刺史昌義之梁武
帝詔曹景宗督衆軍援義之頓道人洲待衆
軍集俱進景宗違救而進遇暴風頗有沉溺
復還守先頓及韋叡至與景宗頓邵陽洲立
壘魏連戰不能却又度魏城數里築城使趙

草守之因爲趙草城

元英圍鍾離衆兵百萬連城四十餘梁武帝詔韋叡與曹景宗會軍叡自合肥徑陰陵大澤旬日至邵陽於景宗壘前二十里掘塹植鹿角截洲爲城比曉而營立元英大驚乃募人潛行水底賫敕入鍾離東城令知援兵已至城中人百其勇魏將楊大眼來攻叡結車爲陣以強弩二千一時皆發傷者衆矢貫大

眼右臂亡竄而走又與元英戰一日數合英憚其强魏人先於邵陽兩岸爲橋立柵數百步跨淮通道叡裝大艦使馮道根等爲水軍會淮水暴漲叡即遣之鬭艦競發皆臨賊壘以小船載草灌之以膏從而焚其橋風怒火盛拔柵斫橋水又漂疾倏忽之間橋柵皆壞道根等身自搏戰軍人奮勇無不一當百魏人大潰元英脫身遁走魏軍趨水死者十餘

萬斬首亦如之其餘釋甲稽顙乞爲囚奴者

猶數十萬

涂中

吳孫權遣兵十萬作堂邑涂塘以淹北道

晉咸和中石勒侵阜陵王導出軍次江寧俄而賊退蘇峻據歷陽孔坦曰宜急斷阜陵之界守江西當利諸口

今濠州 治鍾離縣

東南防守利便卷之中 完乞吾

東至本州界五十五里自界首至泗州二百七十里

西至本州界二百八十里自界首至壽州一百里

南至本州界一百四十里自界首至廬州九十里

北至本州界五十里自界首至宿州二百四十里

東南至本州界一百五十里自界首至滁州七十里
東北至本州界一百里自界首至泗州一百五十里
西南至本州界二百二十五里自界首至壽州一百二十里
西北至本州界一百二十一里自界首至宿州一百九十八里

今滁州治清流縣古徐中

東至本府界七十里自界首至眞州二百里

西至本州界六十里自界首至濠州一百六

十里

南至本州界八十里自界首至和州七十里

北至本州界一百二十五里自界首至泗州

五十五里

東南至本州界六十里自界首至和州九十

里

東北至本州界一百一十五里自界首至泗州二百里

西南至本州界一百五十里自界首至廬州一百二十五里

西北至本州界七十里自界首至濠州一百五十里

右濠州今治鍾離如卲陽洲道入趙草城皆

据淮以爲險南唐陳覺屯濠州築甬道欲與壽春通則鍾離實壽春之蔽也涂塘卽令涂河漢有阜陵矦邑在滁州西彭超陷盱眙謝石赴救次于涂中以知守滁陽則可援盱眙也以地理志攷之濠州西至壽春一百一十里西南至壽春一百二十里滁州北至盱眙一百九十里東北至盱眙二百一十五里而滁州之西界距濠一百六十里濠之東南距

滁一百九十里此數州脣齒之勢也昔石驄攻壽陽朝議欲作滁塘以遏胡寇韋叡堰肥水以攻合肥康絢築浮山堰灌壽陽以拒魏由此觀之淮南雖無大山絶塞之阻然肥近有滁水或塞或流皆可以禦敵也

歷陽

吳景守歷陽孫策助景衆五六千渡江轉鬬所向皆破

蘇峻渡江祖約據歷陽與峻相首尾

劉準之討陳敏遣劉機出歷陽敏使錢廣次烏江以拒之

袁眞以壽陽叛溫將討之以毛穆之守歷陽

謝尚鎮歷陽時欲有事于中原使尚帥衆向壽春

今和州 治歷陽縣

東至本州界一十里自界首至太平州三十

一里
西至本州界六十九里自界首至無爲軍一
百二十里
南至本州界一百一十五里自界首至太平
州六十五里
北至本州界七十里自界首至滁州八十里
東南至本州界一百四十五里自界首至無
爲軍一百五里

東北至本州界一百五十里自界首至楊州一百七十里

西北至本州界一百一十五里自界首至盧州一百二十五里

右孫策之圖江表也起兵歷陽轉攻秣陵遂定諸郡以成霸業其後蘇峻將襲建業亦濟横江以劫姑熟蓋王師下江南渡於采石比金人犯順越采石而渡綱沙夾蓋綱沙江面

旣狹於釆石而捨舟登岸平原易野此騎兵之地故金人得之遂陷建康然則歷陽者姑熟建康之門戶也其謀師聚兵豈不重哉

蘄州

東至本州界一百三十五里自界首至舒州一百五十里

西至本州界一百一十一里自界首至黃州北十里

南至本州界六十里自界首至興國軍一百四十里

北至本州界一百三十里自界首至壽州三百里

東南至本州界二百一十五里自界首至江州三十五里

東北至本州界一百二十里自界首至舒州一百七十里

西南至本州界六十里自界首至興國軍一百里

西北至本州界三百五十里自界首至光州三百里

舒州

東至本州界一百八十里自界首至池州九十里

西至本州界一百四十里自界首至蘄州一

百五十八里
南至本州界一百七十里自界首至和州一
百八十里
北至本州界一百二十里自界首至廬州一
百七十里
東南至本州界三百二十里自界首至池州
四十里
東北至本州界一百六十里自界首至無爲

軍二百里
西南至本州界三百里自界首至蘄州一百
五十五里
西北至本州界一百二十里自界首至壽州
五百一十里

黃州

東至本州界九十五里自界首至蘄州一百
一十五里

西至本州界一百八十八里自界首至鄂州一百八十五里

南至本州界五里自界首至鄂州一百八十五里

北至本州界三百里自界首至光州一百五十里

東南至本州界五十五里自界首至蘄州一百一十里

東北至本州界四百三十六里自界首至光州一百八十里
西南至本州界五里自界首至鄂州一百五十里
西北至本州界二百四十里自界首至安州一百六十里
右淮西以壽春合肥爲巨鎮而蘄黄舒三州其地偏遠樞隘則難以屯重兵然舒蘄爲九

江之蔽黃州爲武昌之援其實緊而不輕也其備禦之方不必推之前聞而驗以往事曩金人及鄂及黃江西湖南相繼陷没去年秋李横南遁斥堠無狀轉相驚動以爲寇至江浙之人岌岌然不自保則三州之捍信乎甚緊而不輕也今李成突據漢上窺窬之志不小而揚么出没洞庭王師屢敗聞之道路李成寄以么爲囊橐審爾則萬一乘間而東成

主車騎幺主樓艦犯岳鄂蘄黃以向江表豈不殆哉備禦之方幸早圖之也

右淮西以上鎮戍十各隨事有議

右殷浩北伐爲姚襄所敗復圖再舉王羲之與浩書曰保淮之志非曰所及莫過還守長江諸督將各復舊鎮自長江以外羈縻而已羲之之勸浩因長江以固大業又論須根立勢與謀之未晚此言是也至以謂捨淮而保

江豈不謬哉且江淮表裏之形雖相距千有餘里然共安共危共寶首尾也昔符堅圍襄陽晉出兵禦之詔謝玄發三州人丁遣彭城內史何謙之游軍淮泗以爲形援然則江淮表裏必相須以爲强也孫權出居巢口向合肥攻新城又遣孫韶陸議將萬餘人入沔魏明帝親征未至合肥權遁走而韶議等亦退然則江淮表裏必相恃以爲安也儻專備淮

南而輕江左之根本與但守江左而去淮南之藩籬計出於此必兩盡而俱亡爾莫若命大將以守淮屯重兵以保江敵擾淮甸則出銳師而赴救掩上流則詔諸鎮以入援合江淮爲一體制遠近如一人審此則何獨江淮以天下爲一統可也

東南防守利便卷中 終

東南防守利便　四十三

滂花居

東南防守利便下

江流上下論

昔楚之興也國於鄢郢而守黔中巫郡兼江漢之險而有之故以區區之國而常與齊秦爭衡及三國而後海内之地分爲南北故必都秣陵備淮甸以犄角北寇然則國之安危則繫於上流而已葢宗廟社稷雖具在建鄴而平居無事千官六師供億無量則轉輸之利固繫於上流

一旦有警旌旗舳艫四面赴救則屏翰之勢又係於上流故南朝六姓其強弱之勢與興亡之所繇顧上流設施何如耳且大江之南地形延袤可撓之處不一備東則敵必撓我之西備西則敵必撓我之東隨處設備則兵分而力屈茍失於彌縫則隙多而寇至厥今之策奈何昔紀陵聘魏文帝問吳之戍備幾何曰自西陵至江都五千七百里又問道里甚遠難爲固守對曰

疆界雖遠而險要必爭之地不過數四猶人有六尺之軀其護風寒亦數處爾如此則上流所備可得而言矣夫荆湖之地爲州十一而其鎮則江陵武昌是也京西道爲州者八而其鎮則襄陽是也江西道爲州者十而其鎮則九江是也凡畫野分土必據其津塗而扼其喉衿令所謂險要必爭之地者不過江陵武昌襄陽九江是矣何以明之江水源於岷山下夔峽而抵荆

楚則江陵爲之都會故諸葛亮以謂荆南北據漢沔利盡南海東達吳會西通巴蜀此用武之國也嶓冢導漾東流爲漢漢沔之上則襄陽爲之都會故庾翼以謂襄陽西接益梁與關隴咫尺北去河洛不盈千里方城險峻土沃田良水路流通轉運無滯進可以掃蕩秦趙退可以保據上流者也沅湘衆水合洞庭之波而輸之於江則武昌爲之都會故吳大帝常都於此而東

晉宋齊梁陳之際號穪盛府者此也豫章西江與鄱陽之浸浩瀚吞納而滙於湓口則九江爲之都會晉之所謂尋陽北撫羣蠻西連荆郢亦藩任之要者此也今守江陵則可以開蜀道守襄陽則可以援川陜守武昌九江則可以蔽全吳夫蜀漢吳楚併而爲一則東南之守亦固矣至於備禦之處必有輕重措置之間必有緩急比年金人常絶武昌而瞰豫章矣李成常寇尋

陽而驚江左矣然而此二鎮者於今備禦之處豈不甚重歟日者金人竭力以事隴蜀李成乘閒以入漢上荆南之形已孤而梁洋之道遂塞然則二鎮者於今措置之閒豈不甚急歟使其巢窟關中吞食梓益順流襄漢閒出江陵則武昌九江自然震動則是東南之際脈絶而壞斷四分五裂揚越之區其能高枕而臥乎今日之事莫先於下詔以收襄漢增兵以戍荆南收襄

漢則興元之阻譬之近藩戍荊南則巴蜀之富還爲外府而又屯武昌而湖之南北可以按堵屯壽陽而江之東西可以衿帶上游之勢也巳戍矣而後根本建康左右淮浙取資於蜀調兵於陜以天下之半而與敵爭衡乎可以得志矣昔諸葛亮劉備以取蜀結吳跨有荊益周瑜亦勸孫權分以荊州資劉備以發兵爭蜀還据襄陽以蹙曹操北方可圖也由是觀之坐制吳楚

通西蜀而守襄陽英雄之資而帝王之業也謹
條具如右

襄陽

羊祜鎮襄陽以計令吳罷石城守於是戍邏
減半分以墾田八百餘項大獲其利祜之始
至也軍無百日之糧及至季年有十年之積
詔罷江北都督置南中郎將以所統諸軍在
漢東江夏者以益祜祜在軍輕裘緩帶身

不披甲進據險要開建五城收膏腴之利奪
吳人之資石城以西盡爲晉有自是前後降
者不絶乃增修德信以懷初附慨然有併吞
之志每與吳人交兵尅日方戰不爲掩襲之
計於是人情翕然悅服稱爲羊公不之名也
祐與陸抗使命交通抗稱祐之德量雖樂毅
孔明不是過也祐算伐吳必籍上流之勢表
留王濬監益州密令修舟楫祐繕甲訓卒廣

爲戎備祐上疏云今若引梁益之兵水陸俱下荊楚之衆進臨江陵平南豫州直指夏口徐揚靑兗並向秣陵以一隅之吳當天下之衆勢分形散所備皆急巴蜀奇兵出其空虛一處空壞則上下震蕩吳緣江爲國無有內外東西數千里以藩籬自恃其俗急速不能持久弓弩戟盾不如中國唯有水戰是其所便一入其境則長江非復所固還保城池則

去長入短如此兵不踰時尅可必矣晉帝深
納之晉後平吳皆如祐策
石勒荆州監軍郭欽寇襄陽勒令欽退屯樊
城偵諜還告南中郎將周撫以爲勒軍大至
懼而奔武昌欽入襄陽軍無私掠百姓安之
晉平北將軍魏該弟遐率該部衆自石城降
于欽毁襄陽遷百姓于沔北城樊城以戍之
王師復戍襄陽欽又陷攻之留戍而還晉大

司馬桓溫統步騎四萬發江陵水軍自襄陽入均口至南鄉步自淅川以征關中命司馬勲出子午道別軍攻上洛獲符健荊州刺史郭欽進擊青泥破之健又遣子生弟雄將兵數萬屯嶢柳愁思堆以拒溫遂大戰生親自陷陣溫軍力戰生衆乃散雄又與車騎將軍沖戰白鹿原又爲沖敗雄遂馳襲司馬勲勲退次女媧堡溫進至灞上健以五千人深溝

自保居人皆按堵復業持牛酒於路者十八九耆老感泣曰不圖今日復見官軍

符堅先遣楊安寇漢川遣王顯寇蜀遂陷漢中又攻二劒尅之進據梓潼又陷益州於是西南夷卭筰夜郎等皆歸之以揚統鎮成都毛當鎮漢中姚萇鎮仇池頃之遣其尚書令符丕大司馬慕容暐苟池等步騎七萬寇襄陽使楊安將樊鄧之衆爲前鋒石越率精兵

東南防守利便卷之下　完乞居

一萬出齊陽關慕容垂與姚萇出南鄉苟池與强弩王顯將勁卒四萬從武當繼進大會漢陽次沔北晉南中郎將朱序以丕軍無舟楫不以爲虞石越遂游馬以度序大懼固守中城越攻陷外郭獲船百餘艘以濟軍丕率諸將進攻中城使苟池石越毛當以衆五萬屯于江陵晉車騎將軍桓冲擁衆七萬爲序聲援憚池等不進保据上明堅兗州刺史彭

超請率精鋭五萬攻彭城願更遣重將討淮南諸城於是遣俱難毛當毛盛邵保等步騎七萬寇淮陰與超會師而南毛與王顯自襄陽會兵攻淮南

宋隨王誕鎭襄陽栁元景爲後軍中兵參軍及朝廷大舉北伐使諸鎭各出軍誕遣尹顯祖出訾谷魯方平薛安都龐法起入盧氏田義仁入魯陽自訾谷入盧氏元景率軍繼進

引軍上百丈崖出温谷以入盧氏法起諸軍進次方伯堆去弘農城五里元景引軍度熊耳山安都頓軍弘農法起進據潼關方平等向陜元景令諸軍並造陜下列營魏城臨河爲固諸軍頻攻未拔魏軍挑戰安都奮擊魏軍無不披靡明日大戰破之

今襄陽京西南路

東至泰洲界六十里自界首至隨州二百八

十里
西至本州界二百四十里自界首至房州二
百五十里
南至本州界一百四十七里自界首至江陵
府三百一十里
北至本州界九十里自界首至鄧州八十八里
東南至本州界一百六十一里自界首至郢
州五十六里

西南至本州界二百三十四里自界首至峽州二百八十五里

東北至本州界八十七里自界首至唐州一百六十三里

西北至本州界二百五十一里自界首至均州一百八里

右孫權初併江南周瑜呂蒙勸權取襄陽以抗曹操權方力征江湖日不暇給襄陽卒爲

魏有魏之攻吳兵來於漢沔屢矣亦希襄陽之攻然每戰輒敗未嘗得志焉及晉之與西蕃益强羊祜奪石城以西招納降附布德行惠練兵積粟規以滅吳之襄陽口口口晉師併吞果自襄陽始也及晉室之東巴而爲宋則襄陽截然爲南北之限矣其地入南則坐而可制羯胡地歸於北則敵人乘之動揺江左是故大司馬温之領荆州也決策北征衆

軍發自江陵道襄陽而入均口直抵關中敗郭欽破符雄進至霸上而還隨王誕之鎮襄陽也栁元景率諸軍將會於盧氏薄弘農據潼關戰于陝下當是之時南國之威少震焉由得襄陽故也中閒江右未潔逆胡縱橫石勒以偏師向樊城周撫望風而遁襄陽石城没於虜者久之其後符堅乘陷蜀之勢舉兵寇襄陽則江表之兵來固已可憂中原之畧

無可言者嗚呼得失成敗古猶今也自神都淪喪京西諸郡相次從僞而襄陽孤軍自守累年于茲矣躊躇之頃幾失機會使賊豫生心驅斥守將楊兵據險傲然有南向之意豈不甚可惜哉且金人既戕五路又窺四川北豫賊聚於漢上計其兇狡情狀可知若襲荆南而當國之上流或自淮安間行蘄黄其禍小則爲石勒大則爲符堅不知閫外何以禦

之及今謀之尚有策也且一二大將駐軍江渚去賊十里安所防扞與其坐待不若雙討儻移池陽之屯列於鄂岳起九江之兵入于漢沔破除楊么追擊李成鎮撫襄鄧且耕且戰跨荊益漳湖而逼京路在此一舉也夫棄襄陽而戍江南則我盡力以備僞齊猶恐無益守襄陽而臨京西賊豫亦將奔命而備我可以獲利且入之情寧備人耶寧使人備巳

耶曰備人者制於人使人備已者制人制人與制於人不可同年而語矣

鄂州附 按齊梁郢州治夏口今鄂州也今之郢州古石城也

柳世隆爲武陵王長史江夏內史行郢州事沈攸之反遣孫同等三萬人前驅又遣司馬冠軍劉讓等二萬人次之又遣王靈秀等分兵出夏口據曾山攸之乘輕舸從數百人先大軍住下白螺洲有自驕色既至郢以郢城

弱小不足攻攸之將去世隆遣軍於西渚挑戰攸之果怒晝夜攻戰世隆隨宜拒應衆皆披却

張弘策說蕭懿曰郢州控帶荊湘西注漢沔雍州士馬呼吸數萬時安則竭誠本朝時亂則爲國翦暴如不早圖悔無及也

今郢州 治長壽縣

右襄陽之北有樊城石勒嘗令郭欽襲據以

逼漢沔去襄陽三百里界有馬圈崔慧景嘗以四萬人攻之乃陷至於祖中沔上皆前世攻守之處也然以古今地形較之惟郢城爲重羊祐謀伐吳先侵石城以奪吳人之資梁武帝起兵襄陽張洪策説蕭懿早圖郢州蓋郢之封域三面皆通江陵其西抵襄陽僅百餘里今經緯漢上鎭襄陽必以郢州爲蔽也

江陵按漢末荆州實治襄陽

荀彧勸曹操先取河北南臨荊州旣破單于
公孫康斬送袁尚首遂直出宛葉以征劉表
會表死其子琮舉衆降劉備聞之遽走操以
江陵有軍實恐先主據之乃釋輜重輕軍到
襄陽至當陽長坂大艦乃以千數操卒悉
浮於沿江兼有步騎水陸俱下號八十萬劉
備會諸葛亮求救於孫權權納周瑜魯肅之
議遣兵三萬人逆操遇於赤壁時操軍疾疫

戰不復利船艦俄爲吳人焚爇引軍而退留曹仁等守江陵徑自北歸[redacted]蜀先主客於荆州劉表益其兵屯於新野請諸葛亮論天下事謂曹操已擁百萬之衆挾天子而令諸侯不可與爭鋒孫權據有江東已歷三世國險而民附賢能爲用可與爲援不可圖也荆州用武之國而其主不能守此天所以資將軍也益州天府之土高帝因之以成帝業劉璋

暗弱可并有之跨有荆益保其險阻西和諸戎南撫夷越外結好孫權天下有變則命一大將將荆州之衆以向宛洛身率益州之衆以出秦川如是則霸業可成漢室可興矣及劉表卒子琮降曹公先主將其衆去之荆人多歸先主衆十餘萬輜重數十輛別遣關羽乘船數百艘使會江陵未至曹公先已據之先主棄妻子與諸葛亮數十騎斜趨漢津適

與羽船會得濟沔又得表長子琦兵萬人俱到夏口遣諸葛亮自結於孫權遣周瑜等水軍數萬與先主併力破曹公於赤壁曹公引兵歸先主表琦爲荊州刺史又南征武陵長沙零陵桂陽四郡琦病死羣下推先主爲荊州牧治公安權因以荊州借之益州牧劉璋遣法正迎先主爲益州牧孫權使來欲得荊州先主無還意會權怒遣呂蒙取長沙零陵

桂陽先主引兵下公安令關羽入益陽是歲曹公定漢中先主聞之與權連和建安二十四年關羽攻曹仁禽于禁于樊權襲殺羽取荆州明年先主帥諸軍伐吳吳將陸遜屯秭歸先主率諸將緣山截嶺於夷道駐軍與吳人相拒于夷陵先主大敗收合離散棄船由步道還永安　劉表死魯肅說孫權曰夫荆楚與國鄰接水流順下外帶江漢內阻山險

有金城之固沃野萬里士民安富若據而有之此帝王之資也今表新亡二子素不輯睦軍中各有彼此加劉備與操有隙客寓於表表惡其能而不用也請得奉命弔表二子并慰勞軍中用事者及說劉備使撫表衆同心一意共拒曹操備必喜而從命如其剋諧天下可定也今不速征恐爲操所先權遣肅行到夏口聞曹操已向荆州晨夜兼道比至南

郡而表子琮已降曹操劉備遑遽奔走欲南渡江肅與備會宣權旨及陳江東强固勸備與權併力備遣亮使權肅亦反命會權得曹公欲東之問與諸將議皆勸迎之惟周瑜魯肅定計擊操與劉備俱進攻操於赤壁操北還留曹仁徐晃於江陵使樂進守襄陽瑜又破曹仁仁遁去瑜屯据江陵劉備領荆州牧治公安瑜上疏諫不可而魯肅勸借之以拒

曹公操聞權以土地借備方作書落筆於地
後備定蜀權令諸葛瑾從求荆州諸郡不許
曰吾方圖凉州定乃盡以荆州與吳耳權曰
此假而不反欲以空辭引歲遂置南三郡長
史關羽盡逐之權大怒乃使吕蒙等取長沙
零陵桂陽三郡使魯肅屯巴丘以禦關羽權
住陸口爲諸軍節度又併兵備羽於益陽未
戰備請和許之後三年關羽虜于禁等權内

憚羽欲以爲已功牋與曹公乞討羽自効先遣呂蒙襲公安降南郡太守蒙据江陵陸遜別取宜都獲秭歸枝江夷道還屯夷陵守峽口以備蜀關羽自麥城遁走潘璋斷其徑路獲羽及其子平建安二十五年劉備帥軍來伐至巫攻秭歸誘道武陵蠻夷於是諸縣反皆爲蜀權會陸遜督朱然潘璋等以拒之蜀軍分據險地前後五十餘營遜隨輕重以兵

應拒自正月至閏月大破之臨陣以所斬及投兵降者數萬人倂奔走僅以身免

今江陵府治江陵縣
係湖北路

東至本州界五百七十五里自界首至鄂城一百五十五里

西至本州界二百五里自界首至峽州七十五里

南至本州界一百九十里自界首至豐州七

十里
北至本州界二百九十里自界首至襄州一
百五十里
東南至本州界三百五十里自界首至岳州
六十里
西南至本州界三百六十里自界首至豐州
六十里
東北至本州界一百六十五里自界首至安

州二百八十里
西北至本州界三百六十五里自界首至襄
州一百七十里
右江漢在秦漢以前葢荆蠻之地也其形勢
豈足以爲天下之重輕也哉漢末劉表据有
荆州地險而人富表區區自守無復遠圖故
海内英雄陰拱而竊睨將拊其背而奪之孔
明之勸玄德魯肅之説仲謀文若之啓曹公

未嘗不措荆州而爲言也及劉表既歿魯肅奉命疾馳欲慰安劉琮會挾玄德以禦曹操孔明則以爲攻劉琮則荆州可有肅未及境玄德遲疑不斷之間而曹公已臨荆州矣玄德乃遣亮求救於吳吳人與之併力以拒北軍曹公得表之士衆因表之船舫順流而下喟然有貪江漢之志以周瑜總偏師破之赤壁曹公大敗引兵而退吳人亦自以爲有荆

州矣玄德因表劉琦爲荆州刺史且南征以取四郡適會琦死羣下推備荆州牧治於公安吳不得已以土地業備共拒曹公先主得此資也西入巴蜀襲劉璋以成覇業遂於倍約兼南郡而有之無還吳之意也蜀人亦自以爲得荆州矣俄而吳發兵進江陵擒關羽而殺之先主與吳爭乗危騁變上下千里陸遜破之西陵先主敗没絶命永安而後荆州

之地多入於吳天下於是始三分焉蓋荊州之境所包者遠始時魏武分南郡以北立襄陽郡分南郡西界立南鄉郡分枝江以西立臨江郡及敗而歸吳之所得者南郡而已吳與蜀分荊州也南郡零陵武陵以西爲蜀江夏長沙桂陽三郡爲吳南陽襄陽南鄉三郡爲魏則荊州之地瓜分豆剖拆而爲三然蜀終不能有宜都武陵零陵南郡故覆師敗國

而終以無成吳魏固守襄陽南陽南鄉故更出迭入常爲吳患吳佔荊州之什七也而又專事江陵公安故西備蜀北備魏魏備蜀雖强亦無奈吳何蓋形勢使之然也迨晉平蜀以綴吳之西料理襄陽以擾吳之北以攻巫峽下江陵而吳國爲墟矣由此推之荊楚之國乍離乍合吳魏蜀之强弱繫焉何如此之以古揆今理或然也夫金人之寇蜀夔峽則

東南防守利便　二十

汲古閣

江陵之西已病矣劉豫之拔襄陽則江陵之北且危矣然零陵桂陽長沙江夏幸無恙也若亟守江陵按湖之南北西援蜀北收襄陽則病可起而危可安焉不然則賊出襄陽距江陵五驛而近越江陵而下峽不能數百里事至此誠恐東南之憂不但東南而已夫不守江陵則無以復襄陽不守江陵則無以固巴蜀不守江陵則無以保武昌今而不圖後

無日矣嗚呼江陵公安此三國之君虎視龍戰叱咤踴躍惟恐失之者也今荆南尚爲吾土不折一戟不殺一民可指揮而定乃釋而不爲若英雄之人有先我而起者何以待之襄陽之事可以戒矣

夷陵附

蜀先主率大衆來向西界孫權命陸遜督朱然潘璋等五萬人拒之備從巫峽建平連圍

至夷陵界立數十屯誘動諸夷使馮習爲大將張南爲前部趙融等各爲别督先遣吳班於平地立營挑戰諸將皆欲擊之遜曰此必有譎且觀之備知其計不可乃引伏兵八千從谷中出遜曰所以不聽諸君擊班者揣之必有巧故也上疏曰夷陵要害國之關限雖爲易得亦復易失失之非徒損一郡之地荆州可憂今日爭之當令必諧臣初嫌其水陸

俱進令舍船就步口處處結營察其布置必無他變遜諭諸將犄角此寇政在今日乃先攻其一營不利諸將曰空殺兵耳遜曰吾已曉破之之術以火攻之易爾勢成通率諸將同時俱進斬張南馮習及胡王沙摩阿等破其四十餘營備因夜遁僅得入白帝城其舟船器械水步軍資一時俱盡尸骸塞江而下備大慙曰吾乃爲遜之所折辱豈非天耶

東南防守利便卷之下　完

陸機著辯亡論昔蜀之初亡朝臣異謀或欲
積石以險其流或欲機械以禦其變天子總
羣議而咨之大司馬陸公陸公以四瀆天地
所以節其氣固無可遏之理而機械則彼我
之所共彼若就長伎以就所屈節荆楊而爭
舟楫之利是天之所以贊我也將謹守峽口
以待禽爾

今峽州治夷陵縣

東至本州界七十五里自界首至江陵府二百六十五里

西至本州界九十五里自界首至歸州一百五里

南至本州界一百三十五里自界首至江陵府一百九十五里

北至本州界一百九十里自界首至襄州三百八十里

東南至本州界二百四十五里自界首至澧州一百一十里

西南至本州界七百六十里自界首至施州二百一十里

東北至本州界二百五十里自界首至襄州三百三十里

西北至本州界一百五十里自界首至歸州一百二十里

右晉書南史載江陵戰地則有赭圻鵲尾錢溪濃湖其障塞則有公安上明此不過四封之内戍邏遮列而已藉令措置疎濶乘敵而入其受患尚淺也如其要害實在夷陵人以爲國之西門若有不守非但失一郡則荆州非吴有也觀陸遜之拒劉備循定策守常險故能以寡敵衆及晉師順流而下江陵遂没夏口武昌無復支抗彼王濬豈賢於劉備夷

陵江山詎減昔時守與不守其勝敗存亡相絶有如此者夫陸遜之鎮夷陵有兵五萬及吳之衰見兵有數萬人陸抗以爲深戚今峽州孤戍弱卒殆成兒戲豈其守將乃勝於抗遜輩耶

長沙附

右孫權與蜀分荆州長沙以東屬權杜預以平江陵而沅湘以南望風歸命然則長沙亦

荆湖之都會其戍備庸可忽耶昔宋武分荆州立襄州以張邵爲刺史將立府邵以爲長沙内地非用武之國置府妨人乖爲政之要如邵所論則守江陵自足以蔽長沙而守長沙不足以固江陵此又不可不知也

武昌

孫權自公安都鄂改名武昌以武昌下雉尋陽陽新沙羡柴桑六縣爲武昌郡權東巡建

鄴留太子皇子及尚書九官於武昌召陸遜輔太子幷掌荊州及豫章三郡事董督軍國諸公子有過遜輙裁之身在外乃心於國上疏陳事皆有補益權欲取夷洲朱崖伐公孫淵每以啟遜遜必諫止又與諸葛瑾攻魏之襄陽擊江夏新市安陸石陽大有尅獲後代顧雍爲丞相其州牧都督領武昌如故遜卒後諸葛恪代遜權乃分武昌爲兩部吕岱督

右部上至蒲圻

陶侃遷龍驤將軍武昌太守時天下饑荒山夷多斷江劫人侃之諸將詐作商船以誘之斬數十人自是水陸肅清流亡者歸之盈路又立夷市於郡東大收其利帝使侃擊杜弢侃令周訪趙誘爲前鋒兄子輿爲左甄擊弢破之時周顗爲荆州刺史先鎮尋水賊掠其戸口侃使其部將朱伺擊之賊退保溢口侃

謂諸將曰此賊必更歩向武昌吾宜還城晝
夜三日行至武昌使朱伺逆擊大破之拜荆
州刺史領西陽江夏武昌鎭于沌口又移入
沔江後周訪等進軍入湘使楊舉爲前驅擊
杜弢又大破之王貢以精卒三千出武陵誘
五溪夷列舟師斷官運徑向武昌侃使鄭奉
陶延夜趣巴陵潛師掩其不備斬千餘級降
萬餘口王貢遂來降而弢敗走其後領南蠻

校尉征西大將軍荆州刺史蘇峻作逆舉兵入援峻平侃旋江陵偏遠移鎮巴陵侃復領江州刺史旋巴因鎮武昌侃雄毅有權明悟善決斷石勒聞其禽郭默默在中原數與勒戰賊畏其勇侃之討默兵不血刃而禽也勒益畏侃侃之在鎮自南陵迄于白帝數千里中路不拾遺

今鄂州江夏郡武昌軍節度治正夏縣武昌在州東一百里

東至本州界二百里自界首至興國軍八十八里

西至本州界三百八十八里自界首至岳州二百六十里

南至本州界三百四十六里自界首至岳州一百八十里

北至本州界四十二里自界首至黃州九十五里

東南至本州界三百四十六里自界首至岳州一百八十里西南至本州界三百六十五里自界首至江陵府三百一十里東北至本州界四百七十二里自界首至江州五百一十里西北至本州界四十二里自界首至黃州一百五里

右秦取鄢郢爲南郡漢初分南郡爲江夏孫權分江夏立武昌郡晉惠帝分桂陽武昌安成三郡爲江州則是武昌在秦則包於南郡在漢則包於江夏在晉則或隸江州或隸荆州覩之地形武昌江湖之衝也西扞郢南拒岳西南據江陵取南鄙九江表裏扞蔽最爲强固故陸遜輔太子掌留事及拜丞相而都督武昌不改舊職則武昌其爲重地可知矣

陶侃於沌口又移入沔及西征移鎮巴陵復移鎮武昌然則侃在軍四十餘年内屏王室外禦强寇其功烈可紀者終始皆在武昌則武昌之形勢要劇不減於襄陽江陵也

巴陵 按周瑜初鎮巴丘今撫州崇仁縣非巴陵也

周瑜定豫章廬陵留鎮巴丘

杜預開楊口起江夏水達巴陵千餘里内瀉長江之險外通零桂

今岳州 治巴陵縣

右杜預云巴丘沔湘之會表裏山川實爲險固陶侃征西自沔移鎮巴陵巴陵與武昌盖輔車之勢也然江陵在鄂州之北幾五百里其地雖云次緊屯兵守隘非江夏比也

江州 按江州晉初治武昌後治尋陽尋陽舊在江北柴桑其徙治也

元帝遣周訪屯彭澤以備華軼訪曰彭澤江州西門也今以兵守其門將成其釁尋陽故

縣既在江西可以扞禦北方又兼嫌於相逼也帝會王敦督訪等討之軼所統武昌太守馮逸次于湓口訪擊敗之

温嶠代應詹爲江州刺史持節都督平南將軍鎮武昌又陳尋陽濱江應鎮其地

劉毅表江州在腹心之内應接楊豫藩屏所寄實爲重複宜觧軍府移鎮豫章

今江州治德安縣故柴桑也

東南防守利便卷之下　　完

東至本州界二百一十里自界首至饒州九十里

西至本州界一百五十里自界首至興國軍二百五十里

南至本州界九十里自界首至南康軍三十里

北至本州界二十五里自界首至蘄州二百七十五里

東南至本州界三十里自界首至南康軍六
十里
西南至本州界四十五里自界首至洪州一
百五十五里
東北至本州界二百七十五里自界首至池
州二百五里
西北至本州界二十里自界首至蘄州一百
七十五里

右晉惠帝元康元年有司奏荆揚二州疆土曠絶統理尤難於是割揚州之豫章鄱陽廬陵臨川南康建安晉安荆州之武昌桂陽安成合十郡因江水之名而立江州永興元年分廬江之尋陽武昌之柴桑二縣置尋陽郡屬江州元帝渡江江州又置新蔡郡尋陽郡又置九江上甲二縣尋又省九江縣入尋陽義熙中省尋陽縣入柴桑縣柴桑仍爲郡其

廢興蓋如此然則晉江州所領兼今之江東西湖南北十州之地南朝因而不改其提封遠矣故常以貴王大臣爲都督爲刺史其兵力稱是也然沿江必守之地不過尋陽湓城數處而已今江州即尋陽郡也彭澤湓城皆在邦域之中命將列戍控扼上流藩屏建鄴可謂重矣且江邊孤危非可單軍獨能保固宜斟酌晉宋而爲之制也

東南防守利便卷之下　完

豫章 附今洪州

劉毅領江州都督表曰江州在腹心之内遷接揚豫藩屏所恃實爲重複昔胡寇縱横朔馬臨江抗禦之宜蓋權時爾今江左區區戶不盈數千萬地不踰千里而統旅鱗次未獲減息況乃地在無虞而猶置軍府文武將佐資費非要愚謂宜解軍府移鎭豫章

右江西大使嘗治尋陽矣頃復移鎭豫章以

沿江形勢言之湓城彭澤足制上流內藩建鄴今爲要地豫章立府其地斗絕非臨江抗禦之宜昔人以謂十郡之中良是至於戍備多事之時豈如尋陽若統督江州兵多食足則豫章還爲内地可闕地而臥也

江南東路州七宣徽池饒信撫太平府一建康軍二廣德建昌縣四十八

江南西路州六洪虔吉江袁筠軍四興國南康臨江南安縣四十

東南防守利便卷之下 完乞舌

七

淮南東路州八揚承楚泰泗滁眞通軍一天長縣二十

州二宿亳海縣十九陷僞境

淮南西路州七壽廬蘄和舒濠黃軍一無爲縣二十六

州一光縣四陷僞境

荆湖南路州七潭衡永郴全邵道監一桂陽縣二十三

荆湖北路州九鄂安岳鼎澧峽歸辰沅府一荆南縣四十

五並陷僞境

京西南路州　府一襄陽　並陷僞境

京西北路府一　州七　軍一

縣四十五並陷僞境

京東府州軍一十七　縣七十八並陷僞境

兩浙路府州軍一十五　縣七十九

福建路州六　軍二　縣四十五

廣南東西路州三十八　軍三　縣一百

四川府州軍監五十四　縣一百七十九

陝西府州軍三十五　縣一百一十九

以上諸路州縣總爲東南中興基業各隨

事有議

右昔楚之封於荆山不滿百里之地惟繼嗣賢能廣土開境遂据荆揚至于南陽傳延世祚九百餘年勾踐之國於會稽也南至于江北至于禦兒東至于鄞西至于姑蔑卒禽夫差以成霸業今東南形勢合淮浙江湖閩廣

陜蜀絶長補短廣數千里自三國之吳若晉宋而下未之有也然則中興之業所乏者豈土地耶或謂今之所患者三戍備旣多軍旅猶闕攻戰不息而戎馬未蕃江湖雖險而船舫不治以守則不固以戰則不利其然乎其不然乎曰此何足爲患吳起曰以一擊十莫善於阸以十擊百莫善於險以千擊萬莫善於阻且苻堅之南侵也至壽春益一十五萬

而謝玄以八萬人拒之曹操出濡須也步騎號四十萬而孫權以七萬人應之葢重山積險則寡可敵衆然則軍旅之猶闕非所患也太公曰所從者隘入者隘所從者去遠此騎之末地也天淵深谷翳蔽林木此騎之竭地也洿下漸澤進退沮洳此騎之患地也故孫策之初起兵纔千餘馬數十疋吳之大將領兵二千人馬不過五十疋而已葢被江負海

則騎不如步然則戎馬之未蕃亦非所患也
惟是江海之間舟楫之便周瑜嘗論之矣汎
舟舉航朝發夕到上風勁勇所向無敵又以
謂舍鞍馬與吳越爭衡本非中國所長是則
江邊之戍水上之軍以我之長攻敵之短勝
負可見矣昔劉表之守荆州治鬬艦千數今
東南之盛不止一荆州也吳之末世舟船凡
五十艘今國家之力何遽不若吳耶直不爲

爾則舫船之不治又非所患也夫軍旅可益而使之衆也戎馬可養而使之强也船舫可脩而使之備也今之所不若古者特存乎其人爾使任得其人吏稱其職則此三者皆有司之事何足以煩廟堂而徹冕旒也善乎陸機之論吳之所以興也大皇帝疇咨俊茂好謀善斷故異人輻輳猛士如林於是張昭爲師傅周瑜陸遜呂蒙魯肅之儔入爲腹心出

爲股肱謀無遺算舉不失策故遂割據山川跨制荆吳而與天下爭衡矣嗚呼美哉雖然區區之吳惡可以擬諸盛明且自古中興之主莫如宣王之治論宣王之治不過於內脩政事外攘夷狄而已然此其治之迹非其治之道也宣王以內治而脩政事以外治而攘夷狄豈他術哉得仲山甫爲之佐而召虎方叔南仲張仲數人者與之同心戮力以底于

成周宣王之所知惟知任賢使能而已夫惟任賢使能以宣王爲法此混一而光被之策也

東南防守利便下　終

此書爲南宋邊防要典岫於錫山顧慧岩家借

錄然於我

皇明永無用爲他日篋底塵編可也嗚呼若抱

杞人憂者則先事豫戒亦非剩集姑蘇吳岫識

東南防守利便卷下　　　　完乞子

東南防守利便　三十七